LA CONJURA DE NOVIEMBRE

Sergio Mayo

LA CONJURA DE NOVIEMBRE

Primera edición: junio 2023

ISBN: 978-84-19899-08-8
ISBN digital: 978-84-19899-09-5
Depósito legal: M-20805-2023

Editorial Adarve
C/ Luis Vives, 9
28002 Madrid
editorial@editorial-adarve.com
www.editorial-adarve.com

Impreso en España

Para Garrison, Bradlee y todos los James Debbler de nuestra historia

En una época de engaño universal
decir la verdad es un acto revolucionario.
GEORGE ORWELL

La verdad se corrompe tanto con la mentira
como con el silencio.
CICERÓN

I

Al contrario que la mayoría de sus compañeros de departamento, James Debbler era consciente de sus contradicciones, y en una ciudad como Los Ángeles aquello no dejaba de ser una virtud. Que un exmiembro de la brigada de Antivicio pasara al menos tres noches por semana yaciendo en algún prostíbulo de la ciudad tenía su punto irónico, pensaba mientras se ajustaba el cinturón de cuero alrededor del pantalón cámel. Todo el mundo tenía sus debilidades y, sin duda, las había mucho peores.

Con el cigarrillo sin encender colgando del labio inferior y el torso aún desnudo, James se volvió hacia la cama donde descansaba la mujer que, minutos antes, lo había llevado a la extenuación. El pelo rubio le caía con gracia sobre las hermosas líneas de la espalda y los muslos se destacaban bajo las sábanas blancas que la cubrían. Por algo era la prostituta más demandada del Paradise Club, pensó James mientras terminaba de vestirse y dejaba el dinero sobre la mesilla. Rubia, guapa, ardiente. Al contrario que en otras ocasiones, hoy se sentía plenamente complacido.

Salió de la habitación y descendió por la escalera exterior a la quietud del aparcamiento débilmente iluminado. Sus pasos resonaban con eco metálico a cada escalón. El rocío había comenzado a formarse ya sobre los coches aparcados en el recinto. James pasó la mano por la capota negra de su Buick Skylark convertible, sintiendo el frescor en la palma. Debían ser cerca de las cuatro de la mañana.

Las luces de las farolas iluminaban a intervalos regulares su rostro flaco sin afeitar, proyectándole la sombra del ala del sombrero sobre la frente. Hacía ya cuatro años que había sido trasladado de Antivicio a Homicidios como refuerzo, y allí se había asentado. Intuitivo, serio, discreto, con olfato para rastrear pistas de todo tipo, sus superiores alababan su trabajo hasta la fecha. La parte más curiosa y obsesiva de su personalidad disfrutaba resolviendo casos; las escenas macabras grabadas a fuego en su mente las combatía entre las piernas de una mujer.

Mientras enfilaba el recién inaugurado puente de Vincent Thomas, James sintonizó su emisora favorita y encendió el cigarro que asomaba entre sus labios. Apenas solía fumar, pero esa noche de noviembre el reciente recuerdo de aquella mujer y los aullidos de Howlin Wolf en la radio lo inspiraban a exhalar algunas bocanadas de humo, emulando a los detectives de los años cuarenta que él tanto había admirado de niño. Recios, carismáticos, siempre con la respuesta adecuada en la boca. Como solía pasar, poco reflejaba el celuloide de la profunda repulsa que sentían al observar un cadáver violado o apuñalado. De sus demonios internos, sus contradicciones, sus obsesiones o sus fracasos vitales. De la enorme distancia entre la realidad y los ideales a los que uno siempre había aspirado.

El crepitar de la emisora policial lo sacó de su ensimismamiento. James chasqueó la lengua. Toda buena noche podía torcerse en un instante.

El aviso de la Central informaba de un asesinato en una armería cercana a los muelles al sur de San Pedro. Cuando James aparcó el coche junto a la tienda, el agente de patrulla que había alertado del suceso se encontraba de pie frente al polvoriento escaparate con letras doradas, cuyo exiguo muestrario de cartuchos, revólveres y rifles semiautomáticos se hallaba débilmente iluminado por la luz del interior.

—Buenas noches —saludó mientras bajaba del vehículo cerrando la puerta tras él—. Detective James Debbler, de Homicidios.

—Agente Parret. Escuché los disparos hará unos veinte minutos, mientras patrullaba por los muelles. Cuando llegué, ya habían huido. He lanzado un aviso a las unidades cercanas para que rastreen la zona. El cadáver está dentro, no he tocado nada.

James entró en la armería, tenuemente iluminada por la bombilla desnuda que colgaba del techo. El cuerpo se encontraba tras el mostrador, recostado contra la pared, con la cabeza colgando inerte bajo una gran mancha de sangre. Las facciones de su rostro habían quedado completamente desdibujadas por el disparo. Se trataba de un hombre corpulento, de pelo escaso, vestido con un pantalón gris y una camiseta blanca. James se asomó tras la vitrina de cristal destrozada que conformaba la parte izquierda del mostrador. Sobre el suelo cubierto de cristales, junto a la mano derecha de la víctima, descansaba un Smith & Wesson de calibre 38. La pared se hallaba salpicada de sangre, sesos y marcas de metralla. A aquel hombre le habían volado la cabeza desde la entrada de la tienda con una escopeta, concluyó Debbler, pero este no había sido el único disparo que se había producido en el establecimiento. La vitrina destrozada implicaba al menos un disparo más por parte del asesino —o asesinos— y los dos agujeros de bala en el marco de la puerta evidenciaban que el hombre había abierto fuego a su vez sobre los atacantes. Los armarios y vitrinas que descansaban en los laterales de la tienda se hallaban intactos y la caja registradora del mostrador no daba muestras de haber sido forzada. Desde la puerta, el agente Parret puso voz a sus pensamientos.

—No parece tratarse de un atraco.

En efecto. James no tenía por costumbre aventurar el móvil de un crimen tras un simple análisis preliminar, pero aquel agente estaba en lo cierto. El robo, al menos de dinero o armas, parecía completamente descartado. Su intuición lo llevaba a apostar por algún tipo de ajuste de cuentas.

A la derecha del mostrador, había una puerta entreabierta. James empujó la hoja con la punta del zapato para terminar de abrirla y accedió al interior. Se trataba de una habitación que hacía las veces de almacén, taller y despacho. En el lado derecho de la misma, se apilaban cajas de madera, algunas de ellas sin tapa, de las que asomaban armas de todo tipo entre rellenos almohadillados. A la izquierda, se alzaba una gran mesa sobre la que descansaban cañones, percutores, miras telescópicas y demás fragmentos de armas, junto a un pequeño estuche abierto con destornilladores, remaches y diminutos tornillos. En la esquina derecha de la mesa, reposaban un teléfono, dos cuadernos y un libro abierto de gran tamaño que parecía servir para registrar la contabilidad del negocio. No había ninguna señal que hiciese pensar que los atacantes habían accedido a aquella parte de la tienda.

James escuchó ruido de motores y frenos en el exterior y salió del almacén. A través del cristal del escaparate, pudo distinguir como dos coches aparcaban junto al suyo. Las luces de uno de ellos lo cegaron durante un instante y desvió la vista a una de las vitrinas de la pared derecha del establecimiento. En uno de los estantes, descansaba un lustroso Colt Python.

—¿James?

Debbler miró hacia la puerta. Un hombre de pelo cano y mirada cansada acababa de entrar en la tienda.

—Hola, Archie. Tengo que comprarme uno de estos —dijo depositando de nuevo sus ojos sobre el cristal de la vitrina.

—A él trabajar rodeado de armas no le ha servido de mucho —dijo señalando con la cabeza al hueco tras el mostrador.

James esbozó una sonrisa.

—Todo vuestro, Archie. Me voy a casa. Necesitaremos las huellas del libro y los cuadernos que hay en el interior del almacén. También de la caja, por si acaso, aunque parece que no la han tocado.

—Por supuesto. Descansa.

James salió a la calle. Dos agentes de uniforme se encontraban acordonando el perímetro de la tienda. Archie y sus chicos de la Científica se encargarían de inspeccionar el lugar en busca de huellas y otras posibles pistas. En breve, llegaría el médico forense para levantar el cadáver y llevárselo al depósito. Trataría de dormir un par de horas y después se iría a la Central a redactar el informe. Ya no había mucho más que pudiese hacer allí.

Mientras conducía de camino a casa, esta vez con la radio en silencio, comenzó a divagar acerca de las circunstancias que rodeaban aquel homicidio. Estaba cansado físicamente, pero aún podía pensar con claridad. El frío previo al amanecer se colaba a través de la ventana del coche, despejándole la mente. ¿Qué hacía aquel hombre en su tienda a esas horas? ¿Acostumbraba a trabajar de noche o habría ido a buscar algo? ¿Se había citado con alguien, tal vez con sus propios atacantes? Si el móvil del crimen había sido únicamente el asesinato, ¿por qué no habían fingido un atraco para enmascararlo? ¿Querían los asesinos enviar un mensaje?

El azar había querido que fuese el primer detective de Homicidios en contestar al aviso y llegar a la escena del crimen, por lo que, con toda probabilidad, le sería asignado el caso. Cuando amaneciese, iría a la oficina a redactar el informe y a esperar los resultados de la Científica y de Balística para comenzar la investigación. Mientras el cielo comenzaba a clarear por el este, James entornó los ojos y deseó haberse quedado descansando media hora más en la cama del Paradise Club.

II

El nombre de la víctima era Rupert Brian Dickinson, propietario y único empleado de la armería Dickinson, situada al norte de Beacon Street. El análisis de la Científica había revelado que todas las huellas dactilares encontradas en la tienda —sobre el mostrador, la caja registradora, el teléfono, los cuadernos de la mesa del almacén y, por supuesto, en el revólver hallado junto al cuerpo— pertenecían a Rupert Dickinson. Seguramente, pensó James mientras dejaba la taza de café sobre el escritorio, los atacantes no llegaron ni a poner un pie en el interior de la armería. Se limitaron a descerrajarle dos tiros desde la puerta para después salir huyendo.

Los resultados habían llegado a la oficina hacía una media hora, junto con todos los objetos analizados. Aprovechando la autoridad para incautar cualquier material de la escena del crimen como prueba para la investigación, y con la excusa del riesgo de que pudiesen ser sustraídas con facilidad de un local vacío, todas las armas de la trastienda habían sido enviadas a la Central por orden del Departamento, junto con los cuadernos y el libro de contabilidad hallados en la armería. James sabía que no sacaría nada en limpio de las mismas y que, con toda seguridad, en pocas semanas aquellas armas pasarían a engrosar el arsenal de la Policía de los Ángeles. Ese era el verdadero motivo por el que las habían traído allí.

James se encontraba sentado en su escritorio, dando largos sorbos de su taza de café mientras analizaba el contenido del libro de contabilidad y los cuadernos que había encontrado la noche anterior en la mesa de la trastienda. Uno de ellos contenía un registro de los pedidos realizados a la armería en los últimos dos meses. El otro constituía un listado de pagos, acompañados de las correspondientes cantidades de armas y municiones. Ninguno de aquellos pagos figuraba en el libro de contabilidad. James había intuido que aquellos cuadernos eran los únicos objetos de la tienda que podían conducirlo a alguna pista sobre la que comenzar a trabajar, y no se había equivocado. Si Dickinson llevaba una segunda contabilidad al margen de las cuentas oficiales del negocio, era porque sin duda tenía algo que ocultar. Quizá estuviese implicado en la venta o compra ilícita de armas, o en algún otro tipo de negocio ilegal. Junto a cada cantidad apuntada en el cuaderno, había escritas dos o tres iniciales. James comprobó si coincidían con las de alguno de los nombres que aparecían en el cuaderno de pedidos, pero no pudo encontrar ni una sola equivalencia.

Sintió un rumor de sillas deslizarse sobre el suelo, seguido de un murmullo creciente de voces y pasos. El sargento Taylor pasó a su lado y le tocó el hombro.

—Vamos, James. El jefe va a dar la homilía.

Debbler alzó la vista. Los hombres a su alrededor se congregaban entorno a la mesa donde aguardaba, de pie y con expresión adusta, el capitán Richard Miller para la lectura del sumario de las investigaciones en curso.

—¡Un poco de silencio, por favor! Buenos días. Estos son los casos abiertos desde la última reunión. En primer lugar, un atraco a una mansión en Hollywood Dell. Se calcula que los atracadores han sustraído efectos por valor de unos treinta mil dólares. Consiguieron burlar todos los sistemas de seguridad, así que creemos que se trata de profesionales. La residencia pertenece al productor de cine Harvey Weber. El sargento Rush está a cargo de la investigación, con tres detectives de Robos a su cargo. Seguimos con Narcóticos: el viernes por la noche se produjo un tiroteo en el exterior del club Dongguán de Chinatown por un asunto de drogas. La mayoría consiguió huir, pero tenemos a un par de detenidos que llevan cincuenta y dos horas en el calabozo y están a punto de caramelo. La prioridad es que canten el lugar de recepción de un alijo que, presumiblemente, llegaría a la ciudad a finales de esta semana, pero no estamos seguros de que dispongan de dicha información. Los detectives Thompson y Lee se encargan del caso. Cualquier soplo o pista que os llegue, hacérselo saber de inmediato. Y, por último, dos homicidios. El primero de ellos, un doble apuñalamiento en Echo Park. El detective Graham está interrogando a los testigos para tratar de identificar al atacante. El segundo es de hace apenas ocho horas. Asesinato con arma de fuego en una armería al sur de San Pedro. Los atacantes no se llevaron nada, así que el atraco queda descartado como móvil. Estamos a la espera de los resultados de Balística. El detective Debbler está llevando el caso. Bien, eso es todo. Hagamos nuestro trabajo.

James se disponía a volver a su escritorio cuando escuchó la voz del capitán Miller a su espalda.

—¿Cómo lo lleva, James? ¿Necesita que le asigne a alguien para que lo ayude con el caso?

Pese a no repudiar la compañía de la mayoría de sus compañeros de Departamento, James solía preferir el trabajo en solitario. Entre otras cosas, le evitaba tener que inventar excusas para sus caprichosas y socorridas escapadas a los prostíbulos de las afueras de la ciudad.

—Muchas gracias, capitán, no es necesario. De momento, puedo con ello.

—Como quiera, hijo.

James sabía que el interés del capitán no respondía a ninguna predilección o aprecio particular, sino sencillamente a que su investigación había sido la última incorporación al sumario. En otras palabras, se interesaba por el caso, no por él. James se dejó caer sobre su silla mientras reprimía un bostezo. Tres horas de sueño no bastaban para reparar una noche de sexo culminada con un nuevo caso de asesinato. Abrió el cuaderno de pedidos y se dispuso a iniciar su investigación por los clientes más recientes. El último registro anotado correspondía a una Colt M1911 a nombre de un tal Willard Brooks. Junto al nombre había apuntado un número de teléfono y la frase: «Recoger en tienda». James cogió el teléfono y marcó el número. Tuvo que esperar apenas dos pitidos antes de escuchar una voz ronca al otro lado del aparato.

El señor Brooks resultó ser un vigilante de seguridad que había decidido renovar su arma aprovechando el comienzo de su nuevo trabajo para la Rohr Employees Federal Credit Union. James había preferido no concretar el motivo de la llamada en un primer momento para no poner sobre aviso a su interlocutor o asustarlo más de la cuenta, limitándose a identificarse como detective de Los Ángeles y a preguntar por la compra del arma bajo el pretexto impreciso de «una investigación policial». Comenzar un interrogatorio presentándose como investigador de un asesinato era un golpe de efecto que podía resultar interesante a la hora de observar la primera reacción del interrogado en la expresión de su rostro, pero carecía de ninguna utilidad al teléfono. Cuando, antes de despedirse, Debbler le reveló que Rupert Dickinson había sido asesinado, Willard Brooks confesó sentirse profundamente impactado.

Con el segundo nombre de la lista no tuvo tanta suerte. James trató de contactar dos veces con Andrew Johnson, el cual, según el cuaderno, había encargado una Smith & Wesson hacía cuatro días, pero no hubo respuesta.

James soltó otro bostezo y miró el listado del cuaderno. Quizá era hora de irse a casa a descansar de verdad, tomarse el resto del día libre y continuar con las llamadas al día siguiente. Para entonces, con un poco de suerte, podría contar ya con los resultados de Balística. Desperezándose, James se levantó de la silla, cogió su chaqueta del respaldo y se dispuso a abandonar el bullicioso ajetreo de la Central.

Las llaves tintinearon al caer sobre la bandeja de latón del mueble de la entrada. Derrotado, James se descalzó y se dejó caer en el sofá. Ni siquiera se había molestado en encender la luz del apartamento. Dormiría hasta bien entrada la tarde, comería algo mientras veía la televisión y después se metería en la cama. En ese momento, no podía imaginar un plan mejor.

Apenas unos segundos después de haber cerrado los ojos, el sonido del teléfono lo sobresaltó. Maldiciendo, alargó el brazo sin apenas incorporarse y descolgó el auricular.

—¿James?

James soltó un suspiro de contrariedad.

—Hola, Dean... ¿Qué diablos quieres?

—¡Vaya! No tenía ninguna esperanza de encontrarte en casa a estas horas, pero sé que prefieres que no te llame a la oficina, así que he probado suerte y… En fin, ¿recuerdas el caso del que te hablé, el de la desaparición de aquel hombre de Westlake? Al principio, creí que el tío se la pegaba a su mujer y que simplemente había huido con su amante, pero he estado investigando, haciendo preguntas entre sus allegados, y es posible que tuviese problemas de deudas, incluso que estuviese metido en algo ilegal… En fin, me gustaría indagar más en su pasado, en sus antecedentes… Si pudieses tener acceso a su expediente policial…

Dean Sinclair era un buscavidas que, desde hacía tres años, intentaba subsistir al oeste de la ciudad como investigador privado experto en desapariciones. Cuando no se encontraba demasiado enfrascado en algún caso, James solía ayudarlo con sus investigaciones, facilitándole información de los archivos de la Policía de los Ángeles sobre sus desaparecidos y sus clientes.

—Dean, ha sido una noche muy larga. Acabo de tumbarme en el sofá y estaba a punto de quedarme dormido. ¿Podemos hablar mañana?

—Joder, James. ¡Tú y tus noches de gloria! ¿Al menos ha sido sin pagar esta vez?

—Hasta mañana, Dean. Que tengas buena tarde.

James colgó el auricular y se incorporó para desconectar el teléfono de la línea. A pesar de ser lo más parecido a un amigo que tenía en Los Ángeles, no se encontraba de humor para aguantar sarcasmos ni llamadas interesadas. Al poco de haberse tumbado de nuevo, James sintió cómo el sopor lo arrastraba a una especie de duermevela. Poco a poco, esta fue derivando en un inquietante sueño, en el que un hombre sin rostro le volaba la cabeza a la rubia del Paradise Club con la que había pasado la noche del asesinato, mientras de fondo retumbaba, irritante y siniestra, la socarrona risa de Dean Sinclair.

III

El análisis de Balística reveló que el disparo que había acabado con la vida de Rupert Dickinson, así como el que había destrozado la vitrina del mostrador de la tienda, habían sido realizados por una Ithaca 37 de calibre 12 con el cañón recortado. Aquel modelo de escopeta podía conseguirse en cualquier armería de la ciudad, incluida la del señor Dickinson. Los disparos alojados en el marco de la entrada de la tienda respondían, como cabía esperar, al Smith & Wesson del propietario.

Tal como había temido, los resultados del análisis de Balística no habían revelado ningún hilo prometedor del que tirar, así que James se dispuso a volver sobre el listado de pedidos de la armería. Tras intentar contactar de nuevo sin éxito con Andrew Johnson, decidió pasar al siguiente nombre de la lista. La antepenúltima línea de la página del cuaderno revelaba el pedido de un rifle Mannlicher-Carcano M91 a nombre de Lee H. Oswald. Junto al nombre, había anotada una dirección correspondiente a Dallas, Texas. James enarcó las cejas. Desconocía si aquel modelo de rifle podía adquirirse fácilmente en Dallas, pero, en cualquier caso, le sorprendía que una armería tan pequeña como la del señor Dickinson pudiese contar con clientes más allá del estado de California. James volvió a examinar el pedido. En esta ocasión, el comprador parecía no haber dejado ningún número de teléfono, o al menos este no había sido anotado en el cuaderno.

James se levantó de su escritorio para rellenar la taza de café. Se encontraba diez veces más despierto que la mañana anterior y podía pensar con mayor claridad. No había ningún indicio que lo llevase a creer que aquel hombre pudiese estar relacionado con el asesinato, ni el tipo de arma adquirida ni ninguna relación aparente con la víctima, pero debía tratar de localizarlo como había hecho con los anteriores, por mucho que pudiera encontrarse a mil cuatrocientas millas de Los Ángeles. James descolgó el teléfono y le pidió a la operadora de la Central que le comunicase con el Departamento de Policía de Dallas. Unos instantes después, la voz de un hombre de mediana edad respondió al otro lado de la línea.

—Buenos días. Soy el detective James Debbler, del departamento de Homicidios de los Ángeles, número de placa 1994.

—Buenos días, detective, ¿en qué puedo ayudarlo?

—Quisiera localizar a un hombre que ha realizado un pedido a una armería de Los Ángeles desde una dirección de Dallas.

—Dígame el nombre y la dirección.

—Lee H. Oswald, 400 North Ervay Street. Necesitaría saber si existe algún teléfono vinculado a dicha dirección y toda la información y antecedentes que puedan tener sobre el tal Oswald.

—Deme un momento.

—Por supuesto.

James esperó algunos minutos antes de oír de nuevo la voz al otro lado del auricular.

—La dirección pertenece a la oficina de correos de la calle Ervay, aquí en Dallas. En cuanto al nombre indicado, no he podido encontrar ningún registro en nuestros archivos.

—Entiendo... —James recurrió a su tono más amable para tratar de conseguir la máxima colaboración de sus colegas texanos—. Verá, estoy a cargo de la investigación del asesinato del dueño de una armería de Los Ángeles y estoy intentando localizar a sus clientes más recientes para comprobar sus coartadas. ¿Podrían averiguar si existe algún teléfono de Dallas asociado a Lee H. Oswald en el que pueda contactarlo?

Tras unos segundos de silencio, la voz respondió lacónica.

—De acuerdo, detective, vamos a intentar localizarlo y le contactaremos en cuanto tengamos algo.

—Muchísimas gracias.

—Buenos días.

James colgó el auricular y dio un largo sorbo de su taza. Oswald había dado la dirección de una oficina de correos para recoger su pedido, lo que podía significar que prefería no dejar constancia de su domicilio. De los tres encargos de la lista por los que había comenzado a investigar, aquel era sin duda el más interesante. ¿Por qué alguien en Dallas haría un pedido a una armería de Los Ángeles? ¿Por qué motivo no había dado su teléfono ni dirección particular? James echó un vistazo a los siguientes nombres de la lista: Wilbur McKinsey y Nancy Jones, ambos con el correspondiente número de teléfono anotado en el margen derecho de la hoja. Al igual que había visto en el caso del señor Brooks, en ambos pedidos, junto a sus nombres, podía leerse la frase: «Recoger en tienda».

Wilbur McKinsey resultó ser un librero aficionado a la caza que había comprado una Remington de calibre 12 para sus excursiones de fin de semana. Nancy Jones era una bailarina de *striptease* que, según le explicó a James, había decidido adquirir un revólver como medida de protección frente al acoso al que últimamente se veía sometida, a la salida del trabajo, por parte un tipo que solía frecuentar el club. La suave voz de la bailarina le evocó la risa de una de las chicas con las que solía pasar la noche en el Red Lips e, inmediatamente, sintió el impulso de llamarla. James recordó la incomodidad de las camas del club y pensó que, con un ligero aumento de su tarifa, quizá pudiera conseguir que la chica viniese a su apartamento aquella noche. Decidió llamarla para proponérselo, pero no desde el trabajo. En lo referente a sus vicios, también tenía sus limitaciones.

IV

—Tengo una corazonada, James, el tipo estaba metido en algo turbio. Deudas de juego probablemente. Y con gente poco recomendable. Si pudieses ayudarme a conseguir alguna prueba...

—Veré qué puedo hacer.

—Vamos, James, solo tienes que hacerte con su expediente para que pueda echarle un vistazo. Para ti es pan comido.

—No puedo hacer eso, Dean. Sabes que no puedo facilitarte ese tipo de documentación. Me echarían del departamento.

—No jodas, James. La Policía de los Ángeles es un puto nido de podredumbre. Todo el mundo lo sabe.

—Tampoco es para tanto —contestó James con una sonrisa irónica—. Ya no estamos en los cincuenta.

—Está corrupto hasta las trancas.

—Yo no.

James dio un sorbo a su taza y la posó con vehemencia sobre la mesa, mirando a su interlocutor a los ojos.

—Está bien, está bien. Pues échale un ojo en cuanto tengas tiempo y, si ves algo que respalde mi teoría, me lo cuentas. ¿Podrás hacer eso?

James asintió con la cabeza. Se encontraban sentados en una cafetería de una de las calles cercanas a la Central de Policía. Dean lo había llamado la tarde anterior para verse. Consciente de que lo había dejado con la palabra en la boca la noche antes y de que su negativa a encontrarse con él no haría más que incrementar la impaciencia del detective y, consecuentemente, su insistencia, había accedido a verse con él a media mañana. Habían pedido tortitas con sirope de fresa y una jarra de café. En la televisión que colgaba de la pared frente a ellos, crepitaba la introducción de la serie *As the world turns*.

—¿Estás con algo últimamente? —preguntó Dean.

—Un asesinato en San Pedro.

—¿Algún detalle escabroso digno de mención?

James se encogió de hombros.

—Al tipo le volaron la cabeza en su armería de Beacon Street. Los atacantes no se llevaron ni un cartucho de munición.

Dean alzó una ceja mientras le daba un largo sorbo a su café.

—Tal vez se metiese con la gente equivocada.

En ese momento, la emisión de la serie se interrumpió abruptamente, dando paso al anuncio de un boletín informativo de la CBS.

—Avance informativo de Noticias CBS: en Dallas, Texas, tres disparos han alcanzado la comitiva del presidente Kennedy. Las primeras informaciones apuntan a que el presidente Kennedy ha sido gravemente herido. Están llegando más detalles.

Dean se volvió hacia el monitor mientras James detenía su mano sosteniendo, ligeramente inclinada, la jarra con la que se disponía a rellenar la taza de su amigo.

—Estos detalles indican, como acabamos de informar, que el presidente Kennedy ha sido tiroteado hoy a su paso por el centro de Dallas. La señora Kennedy se ha levantado de un salto y ha agarrado al señor Kennedy mientras gritaba: «¡Oh, no!». Acto seguido, la comitiva ha acelerado. United Press afirma que las heridas del presidente Kennedy podrían ser fatales. Repetimos, avance informativo de Noticias CBS: un presunto asesino ha disparado contra el presidente Kennedy en Dallas, Texas. Sigan atentos a Noticias CBS.

La lacónica entradilla dio paso a un anuncio de Nescafé. James y Dean se miraron entre sí, buscando en el rostro del otro la confirmación de que lo que acaban de escuchar no había sido producto de su imaginación.

El local se había quedado sumido en el más absoluto de los silencios. James miró a su alrededor y pudo ver como todos los clientes se habían quedado petrificados, sin poder apartar la vista del absurdo anuncio de café instantáneo. Las imágenes de carrillones y cucharillas balanceándose al son de la alegre sintonía mientras la grave voz anunciaba las bondades del café soluble acrecentaban la sensación de que se encontraban en una especie de sueño. La cadena anunció la vuelta de *As the world turns*, segundos antes de que volviese a aparecer en pantalla un nuevo anuncio de Noticias CBS.

—Boletín informativo de Noticias CBS: más detalles sobre el intento de asesinato contra el presidente Kennedy en Dallas, Texas. El presidente Kennedy ha sido disparado durante el trayecto desde el aeropuerto al centro de Dallas. El gobernador Connally de Texas, que viajaba con él, también ha sido alcanzado por las balas. Se informa de que se han escuchado tres disparos. Se ha podido oír a un agente del servicio secreto gritar desde el coche: «¡Está muerto!». Todavía no se ha aclarado si podía referirse al presidente Kennedy. El presidente, en brazos de su esposa la señora Kennedy, ha sido conducido a una ambulancia y trasladado al hospital Parkland, a las afueras de Dallas El presidente ha ingresado en la sala de emergencias del hospital.

—Joder — balbuceó Dean.

—¡Algún maldito fanático del sur! —se oyó exclamar a alguien desde el otro lado del local.

Nada más finalizar la noticia, el primer plano de Don Hastings apareció en pantalla continuando con la interpretación de su personaje en *As the world turns*, como si nada hubiera ocurrido.

—Pero qué diablos… —masculló James—. ¿Por qué siguen emitiendo este bodrio?

—¡Por el amor de Dios, acaban de disparar al presidente! —gritó Dean.

La emisión de la serie continuó durante apenas unos minutos antes de dar paso a un anuncio de comida para perros. Un nuevo avance informativo precedió a la aparición en pantalla de Walter Cronkite desde la redacción de Noticias CBS.

—Walter Cronkite, desde la redacción de Nueva York, informando en directo del atentado contra la vida del presidente Kennedy. Este ha sido herido durante el trayecto entre el aeropuerto y el centro de Dallas junto con el gobernador Connally. A continuación, han sido conducidos al hospital de Parkland, donde todavía se desconoce su estado.

Tras una breve conexión con el salón del hotel de Dallas donde habían organizado la comida de recepción para el presidente, el periodista siguió actualizando la información con nuevos detalles.

—La señora Kennedy, que se encontraba en el coche con el gobernador Johnson... perdón, Connally, y el presidente Kennedy, no está herida, pero reportan que se encuentra en estado de *shock*. Se le ha podido oír gritar: «¡Oh no!» mientras sonaban los disparos y el presidente se desplomaba sobre su regazo con, según nos informan, una herida de bala en la cabeza. Al parecer, el gobernador Connally habría sido alcanzado dos veces en el pecho. Todavía no tenemos detalles de sus heridas. Hace diez minutos, se ha producido un anuncio de la Casa Blanca informando de que el presidente aún se encontraba con vida. La gravedad de su lesión, así como si esta puede ser o no crítica, todavía no ha sido confirmada oficialmente por los doctores del hospital de Parkland. Respecto al asesino, su detención todavía no ha sido confirmada; sin embargo, informaciones previas apuntaban a la detención de un hombre por parte de la Policía y los Servicios Secretos. Estamos a la espera de más detalles.

—Voy a volver al Departamento —dijo James levantándose de pronto de la mesa—. Pagabas tú, ¿verdad? —y sin siquiera dar a Dean la oportunidad de responder, cogió su chaqueta y salió a toda prisa del local.

La sangre le palpitaba en las sienes mientras cruzaba a toda prisa la avenida entre el denso tráfico. Ni siquiera sabía por qué corría. No había nada que pudiese hacer en una situación así, pero habían disparado al presidente de los Estados Unidos y sentía que su deber como policía era estar en la Central. Los transeúntes de Los

Ángeles avanzaban por la calle inmersos en sus vidas, ajenos aún a lo que acababa de ocurrir. Todavía no terminaba de creerse que hubiesen atentado contra el presidente. Si, como había anunciado Cronkite, Kennedy había recibido un disparo en la cabeza, las posibilidades de que pudiese sobrevivir eran prácticamente nulas.

El Departamento de Homicidios se encontraba sumido en un ajetreo mayor del habitual. La gente corría de un lado a otro consternada, formando corrillos que se agrupaban en torno a las radios para seguir la última actualización del estado del presidente. Los teléfonos sonaban sin parar entre el incesante murmullo de voces, sin que nadie los atendiese. James recordó que, justo la mañana anterior, había telefoneado a la Policía de Dallas e imaginó cómo estarían allí en ese momento.

A sus oídos llegaron las voces del corrillo más cercano, donde pudo distinguir la silueta del sargento Taylor y el capitán Miller.

—¿Dónde demonios estaba el Servicio Secreto?

—Seguro que han sido los soviéticos.

—¿Los soviéticos? En Rusia están encantados con JFK. Me alegra que alguien haya decidido hacerle por fin un favor a la nación.

—Cierra el pico, Nick. Cierra la maldita boca.

—Lo he visto por televisión en una cafetería —intervino James—. ¿Se sabe algo más?

—Dicen que tienen al tipo.

—Dicen que tienen a *un* tipo.

—No me gustaría estar en el pellejo del jefe de Policía de Dallas ahora mismo —dijo el capitán Miller.

James volvió a recordar que estaba pendiente de una llamada de la Policía de Dallas. Con toda seguridad, esta no se produciría durante aquella tarde.

Tras unos minutos más de exiguas esperanzas, la fatal confirmación llegó a través de la radio: el presidente John Fitzgerald Kennedy había muerto.

V

James se encontraba inclinado sobre el mueble de cocina de su apartamento, untando de manteca de cacahuete el sándwich que se disponía a almorzar. Tras el anuncio de la muerte del presidente, el capitán Miller había dado permiso a la mayoría de detectives para pasar la tarde con sus familias. James había cogido los cuadernos y el libro de cuentas de la armería y había ido a su apartamento para continuar desde allí con su trabajo, pero había sido incapaz de concentrarse.

En la televisión, seguían informando de los detalles de la muerte del presidente. La conferencia de prensa que anunciaba el fallecimiento oficial de John Fitzgerald Kennedy había tenido lugar en el hospital de Parkland hacía más de tres horas. El vicepresidente Lyndon B. Johnson había jurado su cargo como nuevo presidente de los Estados Unidos hacía aproximadamente dos horas y media y, desde hacía largo rato, se hablaba de la detención de un sospechoso que habría disparado al presidente y el senador Connally desde lo alto de un edificio con un arma todavía sin identificar. James tenía la impresión de que los hechos se sucedían a una velocidad abrumadora, lo que acrecentaba la sensación de irrealidad ante el suceso que había paralizado a toda la nación.

A James nunca le había interesado demasiado la política. Sus ideales se identificaban más con los que teóricamente promulgaba el Partido Demócrata, aunque no solía acudir a las urnas. Pero las últimas elecciones habían sido diferentes. Seducido como muchos otros americanos por el carisma de aquel joven senador de Massachusetts, había decidido darle su voto en los que habían resultado ser los comicios más ajustados de la historia de los Estados Unidos. Si la confianza no era un sentimiento que despertase en él ningún líder político, al menos John Fitzgerald Kennedy había conseguido transmitirle más simpatía y expectación que su huidizo contrincante Richard Nixon.

En la televisión, el periodista de la CBS Harry Reasoner comenzó a dar más información sobre el detenido. Al escuchar su nombre, James se quedó petrificado. Una señal de alarma se encendió inmediatamente en su cerebro. No era la primera vez que oía aquel nombre: Lee H. Oswald.

James se abalanzó sobre el cuaderno que descansaba sobre el sofá. No podía creérselo. Era él. El nombre que aparecía en la principal pista de su investigación. Aquel sobre el que había solicitado información a la Policía de Dallas. El hombre que había encargado un rifle Mannlicher-Carcano desde una oficina de correos. El principal sospechoso del asesinato del presidente. James sintió una sensación de vértigo en el estómago como no recordaba. ¿Cuántos Lee H. Oswald podía haber en Dallas? En la pantalla, Reasoner mostraba una fotografía del detenido mientras describía su color de pelo, peso y altura. Sin poder apartar los ojos del televisor, James se dejó caer sobre el sofá.

Reasoner dio paso a una conexión con Washington en la que se mostraba la llegada del féretro del presidente al aeropuerto de la capital. James subió el volumen del televisor, ansioso, mientras sentía cómo el corazón le palpitaba con fuerza. Al cabo de unos minutos, que le parecieron eternos, en los que el presentador pasó a comentar el estado actual del gobernador Connally y algunos otros detalles sobre la planificación del funeral del presidente, Reasoner mostró otra fotografía del detenido y volvió a pronunciar su nombre. Lee Oswald. No había duda, no había sido producto de su imaginación. El nombre del que hablaban en televisión era el mismo que aparecía en el cuaderno que tenía sobre el regazo. Su aturdida mente se esforzaba por procesar toda aquella información mientras seguía con la vista fija en la pantalla, atento a cada detalle.

Según informaban las noticias, Oswald había sido detenido en la salida de un cine de Dallas, donde se había refugiado tras matar a un policía minutos después del atentado contra el presidente. Seguidor de Fidel Castro, pertenecía al grupo activista Comité de Juego Limpio para Cuba. Walter Cronkite tomó el testigo de Harry Reasoner como presentador al frente de las noticias de la tarde de la CBS. El veterano locutor hizo un resumen de toda la información conocida hasta el momento acerca de la muerte del presidente y de su supuesto asesino. Según informaba, Oswald había desertado a la Unión Soviética en 1959 y había regresado a Estados Unidos hacía apenas un año. Mientras asistía al relato de la biografía del presunto asesino, una idea atravesó la mente de James: ¿y si el arma que había encargado Oswald por correo era la misma que había utilizado para acabar con la vida del presidente? ¿Estaría relacionado de alguna forma el asesinato del dueño de aquella pequeña armería con el atentado contra JFK? Las implicaciones que aquello podía conllevar lo superaban. Si su investigación estaba relacionada de alguna forma con el magnicidio contra el presidente, el asunto debía ser transferido al FBI de inmediato.

James trató de pensar con claridad. Como detective, debía ceñirse únicamente a los hechos. Lo que sabía hasta el momento era que el hombre que había sido detenido como sospechoso del asesinato del presidente —o alguien en Dallas con el mismo nombre, apellido e inicial del segundo nombre— aparecía en el cuaderno de pedidos de una armería de Los Ángeles cuyo dueño había sido asesinado. Ni el más descreído podría tildar la relación entre ambos casos de irrelevante. Aunque el arma que el asesino habría utilizado para acabar con la vida del presidente no hubiese sido la misma que había encargado a la armería, toda la información relacionada con aquel asesinato, más mundano e intrascendente que el que acababa de acontecer en Dallas, podía resultarle de gran ayuda al FBI en su investigación de los hechos.

James seguía con la vista clavada en la televisión, pendiente de toda la información que las noticias iban desgranando sobre el detenido. Tras su detención a la salida del cine, Oswald había sido interrogado durante seis horas por la Policía de Dallas, negando cualquier implicación en el asesinato del presidente. James sintió una leve sensación de alivio en su oprimido pecho. Según informaba Cronkite, el arma encontrada en el edificio desde el cual se habían realizado los disparos y donde Oswald trabajaba había sido un rifle alemán modelo Mauser.

La televisión comenzó a emitir imágenes de archivo en las que se mostraba a Lee H. Oswald repartiendo propaganda procastrista en las calles de Nueva Orleans. A James le sorprendió la cantidad de información sobre el supuesto asesino con la que contaban los medios apenas unas horas después del magnicidio, sobre todo teniendo en cuenta que el interrogatorio de la Policía de Dallas, según acababan de reportar, se había prolongado durante seis horas. Conocedor de primera mano del celo con el que la Policía se esforzaba por evitar cualquier tipo de filtración a los medios en las fases tempranas de una investigación por asesinato, a James le costaba comprender cómo habían podido trascender tantos detalles sobre un hombre que llevaba más de seis horas retenido en las dependencias de la Policía de Dallas, a no ser que fuese la propia Policía quien estuviese filtrando dicha información. Imaginaba que, en un caso de aquella repercusión, las presiones políticas y mediáticas para obtener respuestas inmediatas debían ser feroces.

La televisión comenzó a hablar de la biografía y trayectoria política del nuevo presidente de los Estados Unidos, Lyndon B. Johnson.

«Necesito una copa. Y una ducha», pensó James mientras se incorporaba y se acercaba al armario del comedor, que hacía las veces de minibar. Había sido un día con demasiados sobresaltos. Alguno más de los que habían sufrido el resto de ciudadanos norteamericanos aquel 22 de noviembre de 1963.

VI

A pesar del café doble que había parado a tomar hacía un cuarto de hora, James apenas podía mantener la atención en la carretera. Había pasado casi toda la noche en vela, en la quietud y oscuridad de su apartamento, con los ojos clavados en el fulgor fantasmagórico del televisor, sin poder dejar de pensar en el asesinato del presidente y en el vínculo con su caso. Había estado siguiendo el programa especial sobre el atentado hasta que la emisión se había interrumpido, pero viendo que su cabeza no iba a permitirle dormir aquella noche, había decidido quedarse en el sofá, pendiente de que volviesen a conectar con el estudio para dar alguna última hora sobre el magnicidio. La CBS había anunciado, por medio de sus locutores, la suspensión de cualquier anuncio o programa de entretenimiento hasta el funeral del presidente, con lo que James sabía que, si retornaba la emisión, sería para anunciar alguna novedad importante sobre el caso. Hacia las cuatro de la mañana, el sueño lo había vencido y había amanecido desorientado pasadas las ocho, preguntándose qué diablos hacía durmiendo en el sofá. El recuerdo paulatino y fragmentado de los hechos del día anterior trajeron de nuevo a su estómago una punzante sensación de desasosiego. Ahora conducía por las anchas carreteras de Los Ángeles con la radio encendida, atento a toda la información que las emisoras seguían desgranando sobre el magnicidio.

Aquella mañana había decidido acudir a la Central para tratar de localizar al capitán Miller, pese a ser sábado, y entregarle toda la información de la que disponía. El cuaderno de pedidos reposaba a su lado, en el asiento del copiloto. James había llegado a la inevitable conclusión de que, después del asesinato del presidente, aquella información era demasiado relevante y comprometida como para no informar a instancias más altas. Lo quemaba en las manos y no quería conservarla en su poder ni un minuto más de lo necesario.

Tal como temía, el capitán Miller no se encontraba en la Central aquella mañana del 23 de noviembre de 1963. Aunque no tenía ninguna certeza de que fuese a aparecer, James decidió esperar en el Departamento. Tomó una radio de una mesa cercana y se sentó en su escritorio con el cuaderno delante. ¿Y si avisaba directamente a la Policía de Dallas? James imaginó la reacción al otro lado del teléfono al escuchar que contaba con un documento perteneciente a una investigación de asesinato en Los Ángeles en el que se mencionaba al hombre que mantenían detenido, desde el día anterior, como principal sospechoso del asesinato del presidente. Esta podía ir desde la incredulidad hasta la indiferencia. ¿Cuántos locos o fanáticos estarían llamando para dar información falsa sobre el asesinato o el detenido? Durante un rato, permaneció recostado sobre el respaldo de la silla, con los pies apoyados en el escritorio, escuchando las últimas informaciones sobre la muerte del presidente. Finalmente, decidió descolgar el auricular y telefonear a la Policía de Dallas. Como era predecible, la línea estaba ocupada. Decidió intentarlo de nuevo. Nada. James recordó que hacía solo dos días había llamado a Dallas para solicitar información sobre ese mismo individuo. Probablemente, nadie se acordaría ya de ello.

En la radio informaban de que la mujer de Oswald, de origen ruso, habría confirmado que este poseía un rifle similar al hallado en el sexto piso del edificio desde donde se habían efectuado los disparos. Cada vez más pistas apuntaban a la inequívoca culpabilidad de Oswald. Necesitaba hablar de aquello con alguien y que lo relevasen del caso lo antes posible, pero no parecía que su superior fuese a acudir a la Central. La sola idea de permanecer allí el resto de la tarde, pendiente de todo lo que las emisoras pudiesen informar sobre el asesinato, se le hacía insoportable. James era consciente de que, probablemente, nadie en todo el país se encontraba en aquel momento en una situación asimilable a la suya. Y por eso necesitaba compartirlo con alguien. De nuevo, descolgó el auricular y comenzó a marcar.

—Dean…

—¡James! ¿Eres tú? Joder, aún no termino de creérmelo. Estoy en *shock* desde ayer… ¿Has visto que han cogido al tipo?

—Sí, algo he oído. Escucha, Dean…

—Volvió de Rusia con una misión, James, está clarísimo… Dicen que formaba parte de una célula procastrista… Hay que tener sangre fría. Disparar contra la cabeza del presidente con ese rifle italiano, a solo unos centímetros de la cabeza de Jackie…

—Espera, Dean, ¿cómo que italiano? El rifle era un Mauser.

—No, es un Mannlicher-Carcano, acaban de decirlo.

James sintió cómo el corazón le daba un vuelco. No era posible.

—Dean, ¿dónde has oído eso?

—Lo ha dicho el FBI. Acaba de salir en la tele.

James apoyó la mano que sostenía el auricular en el canto de la mesa mientras sentía cómo la sensación en el estómago se hacía más intensa. No podía ser verdad. James volvió a llevarse el auricular a la boca.

—Pero…era… era un Mauser. Lo dijeron ayer por la tarde…

—¡Maldita sea, James! ¿Qué diablos importa qué modelo fuese?

James sentía la boca seca, pero consiguió articular la siguiente frase:

—Está bien, Dean. Espérame en tu casa. Voy para allá.

—Espera, James, ¿qué…?

No podía creérselo. El único detalle que podía mantener la relación entre su caso y el asesinato del presidente como fortuita acababa de saltar por los aires. Parecía como si, desde la tarde anterior, el universo estuviese conspirando contra él, comprobando cuánta presión más podía soportar dentro de su pecho. De camino a la salida, James entró en el baño a vomitar. El espejo sobre el lavabo le devolvió una mirada alarmada y ojerosa. Aturdido, atravesó el aparcamiento de la Central hasta su coche y se apoyó en el capó a coger aliento. El pecho le dolía a horrores y respiraba con dificultad. James abrió la puerta y se dejó caer en el asiento. Cerró los ojos deseando que todo fuese una pesadilla, pero el crepitar de la emisora lo devolvió a la realidad. James arrancó el coche y enfiló la salida del aparcamiento, en dirección al oeste de la ciudad.

—Joder…

James se encontraba sentado en el borde del sofá del salón de su amigo, con los codos sobre las rodillas y el rostro apoyado entre las manos. Acababa de relatar a Dean los detalles de su investigación y cómo se había ido enterando de las ya ineludibles coincidencias con el asesinato del presidente.

—Joder, James… —al parecer, era lo único que Dean era capaz de articular tras lo que acababa de escuchar—. No puedes continuar con esa investigación —dijo al fin—. Deberías entregar toda esa información al FBI.

—¿No me digas?

—Tienes que hablar con los jefes del Departamento.

—Llevo intentando localizar a mi jefe toda la mañana. Pero imagino que no es el mejor día para encontrar a alguien…

—Necesitas un trago —dijo Dean percatándose de pronto del estado de *shock* de su amigo y dirigiéndose a la cocina—. Quédate a dormir aquí esta noche. Te vendrá bien pasar la tarde con otro ser humano. Si sigues dándole vueltas a la cabeza en tu casa tú solo, lo único que conseguirás será volverte loco.

James no contestó. Dean interpretó el silencio de su amigo como una aceptación a su invitación y trajo una botella de *bourbon* y dos vasos.

—Huelga decir —dijo James, y dio un largo sorbo a su vaso antes de continuar— que lo que acabo de compartir contigo son detalles de una investigación en curso y que, por tanto, no puedes comentarlos con nadie —dijo mirando muy serio a su amigo.

—Creo que los pormenores de tu investigación han pasado a ser información de interés nacional —contestó Dean con un leve amago de sonrisa.

—No me jodas, Dean. Como cuentes esto a alguien, te vuelo la cabeza.

—Tranquilo, solo te estoy vacilando —dijo Dean, divertido—. Por rebajar un poco la tensión.

James bebía en silencio, con la mente muy lejos de aquella habitación.

—¿Quieres que ponga la televisión?

James asintió con la cabeza.

Pasaron el resto de la tarde sentados en el sofá, bebiendo y siguiendo la última hora sobre el asesinato del presidente. James pudo confirmar lo que su amigo le había adelantado por teléfono. Los medios hablaban ahora de un Mannlicher-Carcano como arma del crimen. A James le resultaba extraño aquel cambio de versión sin ninguna explicación o alusión al modelo de rifle que habían citado el día anterior. ¿Se trataba de un error de los agentes que habían identificado el arma o de los medios de comunicación? De nuevo, James pensó en el enorme esfuerzo que debían estar realizando los periodistas de todo el país para obtener la máxima información posible a medida que se iban descubriendo más detalles.

—Voy a preparar algo para cenar. ¿Te saco una cerveza?

Por primera vez, James reparó en la actitud afable y acogedora que Dean había mantenido durante toda la tarde. Sin duda, su amigo estaba demostrando estar a la altura de una situación tan atípica y delicada como aquella. Tras la comprensible sorpresa inicial, se había esforzado por mostrar su cara más amable y comprensiva, ofreciéndole un compañero con el que beber y compartir su inquietud. James no recordaba un Dean tan desinteresado desde hacía mucho tiempo.

«Tal vez sea cierto eso de que las situaciones límite sacan lo mejor de las personas», pensó mientras se acercaba a la ventana con el vaso en la mano.

Dean vivía en un quinto piso cuyo salón daba a un pequeño parque delimitado por una verja de hierro baja y algunos árboles que se alternaban entre las farolas de la calle. Aparcado junto a la acera, en la penumbra existente entre la luz proyectada por dos farolas contiguas, se encontraba un Ford Fairlane marrón junto al que fumaba un hombre con sombrero apoyado en el capó. Del otro lado de la verja, una mujer de abrigo gris paseaba a su perro. El resto de la calle estaba completamente desierta. La mayoría de la gente debía encontrarse en su casa, frente al televisor, tratando de digerir el suceso que acababa de golpear a la nación. James cerró los ojos y apoyó la frente en el frío cristal de la ventana. Esto lo relajó durante unos segundos, hasta que Dean lo sacó de su ensimismamiento.

—He puesto a freír un poco de pollo. Lo peor de todo esto —dijo señalando a la televisión— es que no hay forma de evadirse con otra cosa. ¡Todas las cadenas están con lo mismo!

—Quiero estar pendiente de todos los detalles que se vayan conociendo —dijo James—. ¿Te importa que duerma en el salón?

—No creo que anuncien más novedades hasta que trasladen a Oswald mañana. No obstante, a no ser que quisieras dormir conmigo, tampoco tengo otra cosa que ofrecerte.

—Buen intento, Dean. Otra vez será.

Dean sonrió mientras volvía a la cocina, satisfecho de haber arrancado a su amigo la primera ocurrencia en toda la tarde.

VII

Al día siguiente, se levantaron temprano y prepararon café para seguir la última hora sobre la detención de Oswald en la NBC. Las noticias aquella mañana giraban en torno a los preparativos del funeral de Estado del presidente Kennedy, pero, en un momento dado, conectaron con Dallas para mostrar el traslado de Oswald desde las dependencias de la Policía hasta la cárcel del condado.

La imagen en blanco y negro mostraba a varios hombres trajeados y con gabardina, entre los que se distinguían policías y periodistas, esperando a ambos lados de una puerta abierta en lo que parecía la entrada a un subterráneo con paredes de ladrillo. En las caras de los presentes, que habían dejado un pasillo desde la puerta para que los policías pudiesen transitar, se distinguía gran curiosidad y expectación.

Un par de agentes con sombrero salieron por la puerta y tras ellos apareció Oswald, ataviado con un jersey oscuro y una camisa blanca, custodiado a cada lado por un policía trajeado, uno de claro y otro de oscuro, como si se tratasen de la representación de las dos partes del alma humana. James se preguntó si aquella escenografía habría sido premeditada.

Oswald no parecía asustado ni abatido ni rabioso. Su rostro no transmitía ninguna emoción salvo, quizá, cierta resignación digna. En ese momento, apareció junto a él un hombre bajo ataviado con un sombrero. Sonó un estampido, un grito ahogado y los policías de alrededor redujeron al hombre en el suelo. James se estremeció.

Los hombres allí presentes comenzaron a correr de un lado a otro. La imagen tembló durante un segundo.

—¡Le han disparado! ¡Le han disparado! ¡Han disparado a Lee Oswald! —comenzó a narrar el corresponsal.

James se reclinó hacia el televisor, boquiabierto, sin terminar de creerse lo que acababa de presenciar.

—¿Pero qué coño...? —escuchó farfullar a Dean a su lado.

—No... No puede ser...

James estaba estupefacto, aturdido, como si le acabaran de propinar un puñetazo en la nuca. Acababan de disparar al principal sospechoso de su investigación y al supuesto asesino del presidente delante de sus propios ojos. Todo aquello empezaba a resultar no solo surrealista, sino terroríficamente inquietante.

Una ambulancia llegó a la comisaría de Dallas para llevarse a Oswald al hospital. James tuvo el presentimiento de que su suerte no sería muy diferente a la del presidente Kennedy.

—¿Pero quién demonios era ese hombre? —gritó Dean, atónito, volviéndose hacia su amigo.

James se levantó y comenzó a caminar por el salón. Necesitaba dejar a un lado la consternación y el estupor y empezar a pensar como un detective de Homicidios. Como estaba acostumbrado a hacer.

—¿Cómo diablos ha podido colarse un hombre armado en la comisaría de Policía?

—¿Qué? —preguntó Dean, como si la pregunta lo hubiese pillado desprevenido.

—Acaban de disparar a Oswald en plena comisaría..., completamente rodeado de policías.

—¡James, han asesinado al presidente hace menos de dos días! ¡La Policía está en *shock*! ¡Toda la puta nación está en *shock*!

Pero James sabía que había algo más. Era el ejemplo de negligencia policial más flagrante que recordaba haber visto en todos sus años de detective. Que un hombre armado pudiese irrumpir en el sótano de una comisaría de Policía, sin que nadie lo viese, y abrir fuego sobre un detenido desafiaba toda lógica, más si cabe teniendo en cuenta la relevancia judicial y mediática de Oswald como principal acusado de la muerte del presidente.

—Algún ciudadano conmocionado habrá decidido vengar al presidente.

James se detuvo y miró a su amigo a los ojos.

—Dean, ¿de verdad no te das cuenta de lo que acaba de ocurrir? Acaban de disparar al principal sospechoso del asesinato del presidente delante de la prensa de todo el país y de decenas de policías, antes de que haya podido declarar en un juicio.

Dean entreabrió la boca y alzó las cejas, como si comprendiese de pronto.

—¿Quieres decir que…?

—Que alguien ha querido silenciarlo. Y probablemente lo haya conseguido.

—Joder…

En ese instante, James se sintió asustado. Una sensación de miedo como nunca antes había experimentado le oprimía el cuerpo, desde el estómago hasta las rodillas. Si su intuición era acertada, acababan de atentar contra el sospechoso del asesinato del presidente para evitar que cierta información sobre el magnicidio saliese la luz. Y él poseía información altamente sensible sobre el mismo. James mantenía en su poder la prueba escrita de cómo Oswald había adquirido el arma con la que habría terminado con la vida del presidente. Una adquisición sucedida de macabros hechos.

—James —dijo Dean, que parecía haberse percatado de su turbación—, tienes que entregar esos cuadernos. Si no encuentras a tu jefe, debes dárselos al FBI…

James sabía que ya no podía hacer eso. Pese al miedo que lo inundaba, había algo en su interior que le impedía desentenderse de todo aquello. Su olfato le decía que había algo muy extraño detrás de aquella serie de acontecimientos y, aunque probablemente sus repercusiones lo superasen, no podía compartir la información que poseía hasta resolver el rompecabezas o, al menos, saber a qué se enfrentaba. Aquella determinación profesional estaba en cierta forma alineada con su instinto de supervivencia. Si habían podido asesinar a un detenido custodiado en una comisaría de Policía para que no hablase, ¿qué no podrían hacer con él? Aquellos cuadernos podían ser su salvoconducto llegado el caso.

James se acercó a la ventana. El parque estaba tranquilo, como la noche anterior. El Ford marrón continuaba aparcado donde lo había visto por primera vez. En su interior, podía distinguirse la silueta de un hombre con sombrero. James sintió cómo sus músculos se tensaban. ¿Lo estarían siguiendo? Pensó en su coche aparcado en la otra calle y se alegró de no haber dejado los cuadernos en su interior. No tenía la certeza de que lo hubiesen seguido hasta allí, pero la repercusión de todo lo que estaba ocurriendo lo obligaba a considerar todas las posibilidades. Debía desaparecer durante las próximas horas. Se acercó al mueble de la entrada y cogió los cuadernos.

—Dean, debo irme.

—¿Vas a ir ahora a la Central?

—Escucha, te llamaré en una hora, ¿de acuerdo? Yo no he estado aquí ni he hablado contigo, ¿me has oído?

—Sí, claro…

—Muchas gracias por todo.

James salió del piso de su amigo y bajó las escaleras hasta el portal. Asomó la cabeza y miró a ambos lados de la calle. Tras asegurarse de que nadie lo observaba, comenzó a caminar rápido hacia su coche. Necesitaba un sitio seguro donde poder pensar, un lugar donde a nadie se le pudiese ocurrir buscarlo en tales circunstancias. Y tenía en la cabeza el sitio perfecto.

VIII

James no podía dejar de apreciar la ironía de haber elegido, incitado por el miedo, el mismo lugar que frecuentemente escogía motivado por otro instinto igual de básico, pero lo cierto era que, por inesperado, un club de alterne se le antojaba el sitio más propicio para ocultarse. A nadie se le podría ocurrir que, presa de un estado de temor y confusión, una persona en su sano juicio corriese a satisfacer un deseo sexual bajo las luces de neón de un club de carretera. El sórdido e impersonal escenario de una habitación de burdel era el último lugar al que alguien se dirigiría empujado por el miedo.

La verdad era que, en el fondo de su mente, James era consciente de que tenía un problema. Su afición al sexo sórdido y despreocupado enmascaraba ciertas inseguridades que se esforzaba por mantener enterradas. De cara a los pocos que conocían su vicio, James se justificaba apelando a su debilidad por las mujeres. Pero lo cierto era que aquellas transacciones frías e impersonales que se producían en moteles y prostíbulos a altas horas de la noche distaban mucho de una interacción real con una mujer. James siempre había tenido problemas para relacionarse con el sexo opuesto. De adolescente, su timidez había alejado a las chicas de su camino y su padre había sido de aquellos exsoldados que, a mediados de los años cuarenta, consideraban una práctica habitual llevar a sus hijos a un club de carretera a perder la virginidad. Probablemente, él la habría perdido de la misma forma, había pensado James el día que su padre lo condujo en coche hasta un club de mala muerte a las afueras de Reno. El joven

James había esperado en un rincón mientras su padre hablaba con unas mujeres de sonrisa impostada y mirada cansada. Una de ellas lo había llamado por su nombre y él la había seguido en la oscuridad mientras su padre se sentaba frente a la barra del bar y pedía una cerveza. Desde aquel día, James solo había sido capaz de mantener relaciones con mujeres de aquella manera fría y artificial. Cualquier otra alternativa implicaba demasiado esfuerzo, demasiadas complicaciones. Hasta que conoció a Lizzie, una camarera de Hollywood Boulevard que había sido capaz de romper su coraza de inseguridad y cinismo. Durante un año y medio estuvieron viéndose, compartiendo paseos, escapadas de fin de semana y noches en vela en su apartamento. Había sido la etapa más feliz que recordaba desde su infancia. Pero la vida de policía no estaba hecha para ella. Había coincidido con la época en la que lo habían trasladado a Homicidios y eso no había ayudado. Sencillamente, ella quería algo mejor. Y él no podía culparla. Después de aquello, como era esperable, habían vuelto los vicios y las viejas costumbres.

Durante todo el trayecto, James no había dejado de ojear el retrovisor, pero no había descubierto ningún vehículo marrón o de cualquier otro color que le siguiese el rastro. Detuvo el coche junto a una cabina telefónica en Westminster Boulevard y marcó el número de Dean.

—¡James! ¿Dónde estás?

—Dean, necesito que me hagas un favor. ¿Puedes asomarte a la ventana de tu salón?

—¿Qué?

—Tú hazlo.

—Vale, ya estoy.

—Descríbeme lo que ves.

Dean no era ningún idiota. El silencio que precedió a sus palabras evidenció que había comprendido las sospechas de su amigo.

—Está bien… Pues está el parque. Hay un matrimonio paseando un carrito de bebé y un hombre sentado en un banco, leyendo el periódico.

—¿De cara a tu edificio?

—No, de espaldas.

—¿Hay algún coche aparcado en la acera junto al parque?

—Sí. Dos.

—¿De qué color?

—Un Chrysler Newport azul pálido y… un Volkswagen sedán color crema.

—¿Y en la de enfrente?

—Un Impala negro, una moto y una camioneta de reparto.

—¿Puedes ver a algún hombre dentro de alguno de ellos?

—No.

James reprimió un suspiro.

—James…, ¿te están siguiendo?

—No lo parece —contestó este mirando a ambos lados de la calle a través del cristal de la cabina—, pero no estoy seguro. Por si acaso, mantente alerta.

—Oswald ha muerto. Han identificado a su atacante. Se trata del propietario de un club de *striptease* de Dallas. Su nombre es Jack Ruby. Acaban de entrevistar a un hombre en la CBS que afirma que vio en una ocasión a Oswald en el club de Ruby.

James guardó silencio durante unos segundos antes de responder.

—Dean, voy a desaparecer durante un par de días, hasta que se aclare toda esta mierda.

James deseaba que, en algún momento, los acontecimientos dejasen de sucederse de aquella forma vertiginosa que le impedía asimilarlos en toda su magnitud.

—Lo entiendo… Llámame para lo que necesites. Y cuídate mucho.

James agradeció que su amigo no le insistiese de nuevo para que contactase con el FBI, o que intentase sonsacarle cuáles serían sus siguientes pasos. Pese a su larga relación, James nunca había tenido la mejor de las opiniones sobre Dean Sinclair y, sin embargo, en los últimos días su consideración hacia el investigador privado había cambiado. Tanto que temía la posibilidad de que se viese envuelto en problemas por haber decidido compartir con él los detalles de su investigación.

El club Island era un edificio de dos plantas, con luces de neón amarillas y verdes, que se encontraba en la carretera de Los Ángeles a Santa Ana. Era un tugurio que conocía de su época en Antivicio. No era ni de lejos su burdel favorito, pero formaba parte de sus intenciones no dejarse ver por nadie que pudiera identificarlo. Dejó el coche en el aparcamiento, cogió los cuadernos y se dirigió a la pequeña puerta de la entrada. Sus ojos tardaron unos segundos en acostumbrarse a la semioscuridad del interior. La disposición de la planta baja era la misma que tantas veces había visto en otros clubs. A la derecha, se encontraba el bar, compuesto por varias mesas redondas con manteles blancos y lamparitas amarillas, y una barra de madera oscura con un par de taburetes con cojines granates. A la izquierda, unas escaleras, tenuemente iluminadas de amarillo, conducían al piso superior. A aquella hora de la mañana, como era de esperar, el club estaba desierto. O al menos el piso de abajo.

James dejó los libros sobre la barra y se sentó en uno de los taburetes. Una joven de pelo negro y mirada ausente apareció de entre la penumbra.

—¿Qué te pongo, guapo?

—Un *whisky* doble. Y deja la botella.

James apoyó la cabeza en sus brazos cruzados sobre la barra y cerró los ojos. La frase de Dean resonaba una y otra vez en su cabeza. El dueño de un club nocturno de Dallas. ¿Cómo había podido un tipo así burlar el dispositivo que la Policía había dispuesto para asegurar el traslado de Oswald? ¿Qué motivaciones lo habían empujado a cometer un acto cuya consecuencia inmediata no podía ser otra que ir a dar con su cuerpo en la cárcel? Solo cabían dos opciones: o, como había dicho su amigo, Ruby había decidido actuar como un héroe nacional movido por un sentimiento de venganza contra el asesinato de Kennedy, o bien quería evitar que

Oswald cantase. Y dado el halo de sospecha que envolvía todo lo relacionado con el caso y las circunstancias que lo rodeaban, James se inclinaba por esta última.

Mientras bebía, se preguntó cuánto tardarían en acercarse para ofrecerle sus servicios. Como respondiendo a su pregunta, una mujer de pelo rubio y rizo, con una falda roja por la cintura y una camiseta de flores, se le acercó por detrás.

—Hola, encanto, ¿qué puedo hacer por ti?

—Me han echado de casa. Quiero una habitación hasta mañana.

La mujer sonrió, divertida.

—¿Alguna preferencia?

James no pensaba tener sexo en aquellas circunstancias, pero debía guardar las apariencias.

—Morena, delgada. Con conversación.

—Por supuesto, encanto. Sígueme, te llevaré a tu habitación.

La mujer lo condujo por las escaleras al piso superior y se dirigió a la última puerta de la pared derecha del pasillo.

—Ponte cómodo —dijo mientras abría la puerta y accionaba el interruptor de la pared.

El cuarto se hallaba en penumbra, salvo por la tenue luz de la lámpara con pantalla roja que colgaba del techo y que la mujer acababa de encender. En el centro, había una cama estrecha con una colcha de color malva y, en su lado izquierdo, una pequeña mesilla de noche con un cenicero de cristal. La luz de la mañana se filtraba a duras penas a través de las cortinas blancas que velaban la ventana.

La mujer salió del cuarto y James puso los libros debajo de la almohada. Se sentó en el borde de la cama y sacó un cigarrillo. El *whisky* había comenzado a hacer sus efectos. Levantó las piernas, dejó el cigarrillo sin encender en el cenicero y se recostó de lado sobre la colcha. No tardó ni dos minutos en quedarse profundamente dormido.

IX

James sintió cómo una mano le zarandeaba el hombro, y abrió los ojos. La mujer que lo había conducido a su habitación estaba de pie junto a la cama, con expresión contrariada.

—Esto no es un hotel, campeón. Sophie ha entrado ya dos veces. La primera le diste lástima y te dejó dormir. Pero nosotras también tenemos que trabajar.

—¿Qué hora es? —preguntó James pasándose la mano por el rostro mientras se incorporaba.

—Las ocho.

—Escucha, te dije que quería la habitación hasta mañana. Te pagaré todas las horas que esté en ella, ¿de acuerdo?

La expresión de la mujer se relajó un poco.

—¿Sigues queriendo que venga Sophie?

James acababa de despertarse después de haber dormido la mayor parte del día y lo último que le apetecía era acostarse con ninguna mujer, pero sabía que, si se limitaba a ocupar la habitación sin disfrutar de ningún tipo de servicio, llamaría la atención. Siempre podía charlar un rato con la tal Sophie cuando llegase. Eso no sorprendería a ninguna prostituta. Era increíble la cantidad de tipos solitarios que acudían a un burdel solo para sentirse escuchados.

—Sí, claro.

La mujer salió de la habitación dejando la puerta arrimada. James comprobó que los libros seguían debajo de la almohada y los puso sobre la mesita. Llevaba ocho horas en un burdel y lo único que había hecho era beber y dormir. Apenas había podido reflexionar sobre los sucesos de los últimos días y la relación existente entre ellos, ni tampoco pensar en cuáles debían ser sus siguientes pasos.

James se puso en pie y cogió el cigarrillo que había dejado sin utilizar en el cenicero aquella mañana. Los destellos de las luces de la carretera se colaban a intervalos regulares entre las finas cortinas del cuarto. Se acercó a la ventana y se llevó el pitillo a los labios. La perspectiva de mantener una conversación banal con una de las chicas del club no podía resultarle más inconveniente, pero no tenía otra alternativa. Se negaba a compartir con ella también sus infortunas circunstancias.

James oyó como alguien abría la puerta, y se volvió. Una chica morena, de pelo largo y voluminoso, entró en la habitación. Vestía un top blanco, una falda de cuero marrón y tacones negros. Llevaba los labios pintados de rojo y la sombra de ojos ligeramente corrida. Bajo la exigua luz rojiza de la lámpara del cuarto, James pudo distinguir unos ojos marrones de brillo inteligente.

La chica recorrió con la mirada su silueta recortada contra las luces del exterior.

—Bueno, ¿cómo quieres que lo hagamos, polizonte?

A James siempre le había fascinado la facilidad con lo que las prostitutas reconocían a un policía cuando lo veían, y era consciente del lugar en el que dejaba aquello a su profesión. Le sorprendía que la encargada no hubiese descubierto su identidad. O tal vez simplemente había aprendido a ser más discreta que sus empleadas.

—Tranquila. Solo me gustaría hablar contigo.

Lejos de tranquilizarla, aquello puso a la chica en alerta.

—¿Hablar de qué? ¿Nos conocemos?

James esbozó una sonrisa.

—¿Cómo te llamas?

—Sophie.

—¿Es tu nombre auténtico?

—Sí.

—¿Sophie qué más?

La chica no respondió.

—¿No quieres decírmelo? —preguntó James.

—Lo siento, pero estoy acostumbrada a que los policías vengan aquí a follarme, no a interrogarme.

—Eso significa que eres una buena chica —James inclinó la cabeza para acercar el cigarrillo a la llama del encendedor—. Tranquila —dijo mientras exhalaba el humo—, no te estoy interrogando. Solo busco alguien con quien hablar.

—La vida sigue, ¿verdad? —respondió ella con un punto de insolencia—. Pese a todo lo que está pasando, la gente sigue teniendo la necesidad de compartir sus miserias.

James sonrió. Cada vez le gustaba más aquella chica.

—Tienes demasiada clase para este antro.

Sophie soltó un bufido y sonrió con una mezcla de sarcasmo y hastío.

—Ya, claro. El famoso cliché de la chica demasiado buena para ser puta. ¿Seguro que no buscas acostarte conmigo?

James estaba disfrutando de la conversación mucho más de lo que había imaginado.

—¿Quieres un cigarrillo? —dijo tendiéndole el paquete y el encendedor.

Ella alargó el brazo.

—Gracias.

James decidió tocar el tema, de forma superficial. No hacerlo también habría resultado sospechoso.

—¿Qué es «todo lo que está pasando»?

Ella lo miró con incredulidad.

—¿Has estado durmiendo en algún burdel también durante los últimos dos días? Han asesinado al presidente y hoy han matado al tipo que lo hizo.

—¿Que lo han matado? ¿Quién?

—Han dicho que un tipo de Dallas —dijo alzando una ceja, escéptica—. Jack Ruby. Pero yo no me creo una palabra.

—Ah, ¿no? ¿Y eso por qué?

Sophie soltó una bocanada de humo.

—¿Por qué iba el dueño de un club de *striptease* a matar al asesino del presidente delante de todos esos policías? No tiene ningún sentido.

—Supongo que no. ¿Quién crees que lo hizo?

Ella le clavó la mirada.

—¿Cómo quieres que lo sepa? Solo digo que dudo que fuese Ruby. Estuve una vez en uno de sus clubs. El Carousel. Un sitio elegante. Refinado.

—¿Has trabajado allí?

—Yo no. Pero mi amiga Melba trabaja allí. Vi a Ruby una vez.

James no podía creerlo.

—¿Hablaste con él?

—Sí, Melba me lo presentó. No parece el tipo de hombre que se mancharía las manos en un asesinato.

—¿Y qué tipo de hombre parece?

Sophie frunció el ceño, como si estuviese evaluando si debía seguir respondiendo.

—De los que saben codearse.

James no salía de su asombro. El destino había puesto en su camino un hilo del que tirar de la forma que menos hubiese imaginado. ¿Qué posibilidades había de escoger, entre todos los clubs de alterne de Los Ángeles, uno en el que una de las prostitutas conociese al supuesto asesino de Oswald? Su siguiente paso se mostraba ahora nítido ante a él. No podía dejar escapar aquella oportunidad.

—¿A qué te refieres exactamente?

Sophie ladeó ligeramente las caderas mientras cruzaba los brazos y le dedicaba una mirada furibunda.

—Eres un mentiroso, polizonte. Me has dicho que no estabas aquí para interrogarme, pero esto se está pareciendo cada vez más a un interrogatorio.

—En absoluto —se apresuró a contestar James—. Me acabas de contar que conoces al hombre que ha matado al asesino del presidente y simplemente he sentido curiosidad. Si no te apetece hablar de ello, podemos hacerlo de cualquier otra cosa. ¿De dónde eres?

La chica suavizó un poco el gesto.

—De Santa Fe. ¿Y tú?

—De Reno. ¿Cómo acabaste aquí?

Sophie soltó un suspiro.

—Por desgracia, eso también es un cliché... Ya sabes. Los Ángeles, la ciudad de las oportunidades.

James apuró la última calada de su cigarrillo.

—Entiendo.

—Cuando tienes diecisiete años, sueñas con abandonar el tugurio en el que creciste. Mis amigas y yo soñábamos con ir a Los Ángeles y labrarnos un futuro como bailarinas o actrices de teatro o... Hasta fantaseábamos con la posibilidad de que un pez gordo de Hollywood nos descubriese —dijo con una sonrisa cargada de amargura.

—¿Y os largasteis con diecisiete años? Tuvo que ser duro.

—Sí. Al menos nos teníamos las unas a las otras. Lo cual también resultó ser un cliché.

—¿Tu amiga Melba?

—No —respondió despacio, con un deje de impaciencia en la voz—. A Melba la conocí en Luisiana.

James se encontraba en una posición delicada. Sabía que, si seguía presionándola con lo de Ruby, la chica se cerraría en banda, y no podía permitirse perder aquella pista. Una retirada a tiempo podía significar una victoria en aquellas circunstancias. Decidió concederle algún tipo de revelación a modo de despedida.

—Todos intentamos prosperar en la vida. Yo antes trabajaba en Antivicio. Ahora soy detective de Homicidios.

—Al menos has ganado en coherencia —le espetó ella.

James sonrió mientras sacaba la cartera del bolsillo.

—Y en quebraderos de cabeza. Ha sido un placer conocerte, Sophie. Muchas gracias por la charla. Lo necesitaba, de verdad —dijo mientras dejaba varios billetes sobre la mesilla de noche y recogía los cuadernos—. Ha sido un día duro.

Ella dejó caer la colilla en el suelo y la aplastó con la punta del tacón. En su cara no se reflejaba el menor atisbo de sorpresa o decepción. Solo cierta sombra de recelo.

—Hasta luego, polizonte.

X

Las ocho horas de sueño habían diluido los efectos del *whisky*. Tenía la cabeza más o menos despejada, pero seguía abrumado por todas las casualidades que el devenir de los hechos iba tejiendo a su alrededor. Nunca había creído en la providencia, pero ante los sucesos de aquellos días era difícil no caer en ese tipo de elucubraciones. La chica le había caído bien. Era suspicaz, y tenía ese punto de cinismo que le recordaba a sí mismo. Y constituía una puerta abierta al tercer personaje en entrar en escena: Jack Ruby, el empresario de la noche texana que había acabado con la vida de Lee Oswald. Sophie había dicho que era el tipo de hombre que sabía relacionarse. ¿Qué diablos había querido decir con aquello? ¿Que tenía contactos en las altas esferas? ¿En la Policía? Eso explicaría cómo había conseguido entrar en la comisaría sin oposición. Pero lo que aquella deducción implicaba no podía resultar más alarmante: que la Policía de Dallas, o al menos alguien dentro del cuerpo, había orquestado, o consentido, el asesinato de Oswald. Y la razón para perpetrar dicha atrocidad delante de las cámaras de todo un país solo podía ser que las posibles declaraciones de Oswald ante el juez tuvieran unas implicaciones más que comprometedoras.

A medida que encadenaba razonamientos, James sentía cómo el corazón volvía a latirle con fuerza. La magnitud del caso era cada vez era más aterradora. ¿Estaba la Policía de Dallas relacionada de alguna forma con el asesinato del presidente? ¿Qué relación tenía Ruby con Oswald? Necesitaba acercarse al entorno de Ruby para responder a aquellas preguntas. Y para ello tenía que encontrar la manera de convencer a Sophie de que lo ayudase. Hasta entonces solo podía hacer conjeturas.

James abrió la ventanilla del coche y dejó que la brisa del mar se colase al interior y le refrescase el rostro. La carretera transcurría ahora pegada a Long Beach y se adentraba en el Ocean Boulevard. James repasó la conversación con Sophie y reparó en que ella no había llegado a preguntarle su nombre. Otra de las cosas que admiraba de las prostitutas era su sentido de la discreción.

Eran cerca de las diez cuando llegó a su edificio. Aparcó el coche en un hueco junto a la acera de enfrente a su portal y permaneció unos instantes en el interior, cerciorándose de que nadie lo había seguido hasta allí. Sacó el revólver enfundado de la guantera y comprobó el cargador. Los seis agujeros del tambor contenían sus correspondientes proyectiles. James ni siquiera podía recordar la última vez que la había disparado. Cerró la pistola con un chasquido y se ajustó la funda al cinturón. Cogió los cuadernos, salió del vehículo despacio y miró a ambos lados de la calle. Había varios coches aparcados a uno y otro lado de la calzada y algunos transeúntes que caminaban ajenos a su presencia. Cruzó la calle con paso rápido, entró en el portal sin encender la luz y desenfundó la pistola mientras se dirigía a las escaleras. Puso el pie en el primer escalón y afinó el oído. Lo máximo que alcanzó a escuchar fue el zumbido de las cañerías del edificio y el ruido amortiguado de los coches del exterior. Con el revólver oculto bajo la manga del abrigo, comenzó a subir los peldaños apoyando los pies despacio, tratando de hacer el menor ruido posible. Cuando llegó a su rellano, estudió con detalle la puerta de su apartamento. No parecía que hubiese sido forzada. Puso los libros bajo el brazo, sacó las llaves del bolsillo y comprobó que la cerradura daba dos vueltas antes de abrirse.

Una exigua luz azulada se filtraba por la ventana del comedor, iluminando tenuemente el interior de su apartamento. James echó hacia atrás el percutor y dejó caer las llaves y los cuadernos sobre el mueble de la entrada, tratando de hacer el mayor ruido posible.

Permaneció inmóvil durante unos instantes, estudiando cada rincón de la habitación. No ocurrió nada. James se relajó un poco y encendió la luz. Fue hasta la puerta del dormitorio y la abrió de golpe, apuntando al interior con el revólver. Tampoco parecía que hubiese nadie allí. Por si acaso, decidió comprobar en el armario y debajo de la cama. Tras terminar su escrutinio, cerró la puerta de la entrada con llave y miró por la ventana hacia la calle. No pudo ver ningún movimiento extraño frente al portal o junto a su coche. Sintió cómo las tripas le rugían. Llevaba prácticamente todo el día sin comer nada, así que cogió los cuadernos de la entrada, los guardó en un cajón con llave de una de las mesillas de su habitación y decidió bajar al restaurante de enfrente a cenar algo.

De nuevo, decidió no coger el ascensor y bajar por las escaleras. El portal seguía oscuro y silencioso. Salió al exterior y miró a ambos lados de la calle antes de cruzar. Cuando le quedaban escasos metros para alcanzar la otra acera, escuchó un fuerte ruido de motor a su izquierda, prácticamente encima de él. Apenas tuvo tiempo a reaccionar. Propulsándose con toda la fuerza que le permitían sus desconcertadas piernas, saltó hacia delante para evitar la embestida. Cayó de bruces contra la acera con los brazos extendidos, mientras notaba cómo el vehículo le golpeaba el talón de la pierna izquierda y le descalzaba el zapato. Rodó sobre su costado para darse la vuelta e identificar al coche que había tratado de arrollarlo, pero tan solo pudo distinguir las luces rojas de un vehículo alejarse en la oscuridad. Varios transeúntes acudieron a su encuentro para interesarse por su estado. James se incorporó y se palpó el pecho y la cintura, comprobando que la cartera y la pistola seguían en su sitio, mientras tomaba conciencia de lo que acababa de ocurrir.

Habían intentado matarlo y, pese a su profesión, aquello no era algo que le ocurriese a menudo. Sus atacantes debían haberlo esperado con el motor encendido y las luces apagadas, ocultos tras otro coche próximo al lugar por donde había cruzado y, al verlo aparecer, se habían abalanzado sobre él.

«Los cuadernos», pensó inmediatamente, mientras se volvía hacia la otra acera.

Pese a que a simple vista no pudo detectar ningún movimiento frente a su portal y sin preocuparse por recuperar su zapato, James echó a correr a toda prisa hacia su edificio, obligando a los coches a detenerse y propinarle varios bocinazos. Mientras corría miró hacia arriba para comprobar si había alguna luz en el interior de su apartamento, pero la ventana estaba completamente a oscuras. James habría jurado que nadie lo había seguido desde el club y, sin embargo, allí estaban, esperándolo, lo cual solo podía significar que sabían dónde vivía. Su apartamento había dejado de ser un lugar seguro.

Subió las escaleras cojeando debido a su pie descalzo. La sangre le palpitaba en la frente y en el dorso de la mano con la que empuñaba el revólver. Introdujo la llave en la cerradura y escuchó los dos clics del pasador al retirarse. El apartamento estaba vacío. Corrió hacia el cuarto y comprobó que el cajón donde había guardado los cuadernos seguía cerrado. Abrió la portezuela de la parte de arriba del armario y arrojó su gastada bolsa de viaje sobre la cama. Esparció varias perchas con ropa junto a la misma y comenzó a hacer la maleta. Lo último que introdujo fueron los libros de la armería. Se asomó por la ventana y comprobó que su coche seguía aparcado en el mismo sitio, intacto. Se puso otro par de zapatos, apagó las luces del piso y cerró la puerta con llave.

Mientras arrastraba la maleta escaleras abajo, se preguntó a dónde iría. El sitio más seguro era aquel desde el que sabía, casi a ciencia cierta, que no lo habían seguido. Se imaginó la cara de la encargada al verlo aparecer de nuevo. Salió a la calle empuñando el revólver y se dirigió a su Buick Skylark. Introdujo la maleta en el maletero y escrutó ambos lados de la calle en busca de algún movimiento extraño. Cerró la portezuela, se sentó en el asiento del conductor y arrancó el motor.

Apenas despegó la mirada de los retrovisores durante el trayecto. El momento de creer en las casualidades hacía tiempo que había pasado. El altercado con el coche demostraba que estaba envuelto en algo gordo, lo suficiente para que alguien quisiese evitar que siguiese indagando. ¿Pero quién? ¿Qué era exactamente lo que temían que averiguase? James sabía que tenía que ver con Oswald y el asesinato del presidente, pero ¿quién aparte de él conocía la conexión de Lee Oswald con su caso? Solo Dean..., y la Policía de Dallas. James se había puesto en contacto con ellos para obtener información sobre Oswald justo antes del atentado y nunca había recibido respuesta. Eso reforzaría su teoría de que la Policía de Dallas estaba envuelta en el asesinato de Oswald. Pero aquello no tenía ningún sentido. Se encontraba en el estado de California, a más de mil cuatrocientas millas de la ciudad texana. La idea de que miembros de la Policía local lo hubiesen localizado en apenas dos días y hubiesen viajado hasta Los Ángeles para acabar con él era completamente descabellada. La única forma de encontrar respuestas era meterse directamente en la boca del lobo. Jack Ruby, la Policía de Dallas..., todas las pistas apuntaban en la misma dirección. En cualquier caso, Los Ángeles había dejado de ser un lugar seguro para él. Ya no había marcha atrás. Estaba inmerso en una huida hacia adelante y su siguiente parada no podía ser otra que el centro neurálgico de todos los acontecimientos que habían sobrecogido al país en los últimos días. Debía ir a Dallas y tenía que convencer a Sophie para que lo acompañase.

Al llegar al club, James aparcó el coche frente a la puerta y comenzó a tocar el claxon de forma insistente. A los pocos minutos, la mujer rubia de pelo rizado salió al aparcamiento con expresión sobresaltada. Al verlo, su boca se curvó en un rictus de sorpresa y desconcierto. James bajó la ventanilla del coche.

—Necesito hablar con Sophie. Dile que salga.

La rubia no se movió. En su expresión podía distinguirse el esfuerzo por tratar de comprender por qué aquel sabueso había vuelto con la imperiosa necesidad de ver a una de sus chicas.

—¡Ahora! —gritó James mientras hacía sonar de nuevo el claxon.

La rubia dio un respingo y despareció por la puerta del club. James confió en que la curiosidad de Sophie venciese a su desconfianza y a las más que evidentes reservas de su jefa. Tras unos instantes, la chica apareció por la puerta y se detuvo a un par de metros del coche, mirándolo con una mezcla de recelo y desaprobación. James se inclinó sobre el asiento de copiloto y abrió la puerta.

—Tengo que hablar contigo. Es importante. ¿Puedes entrar un momento?

Sophie permaneció de pie frente a la puerta abierta, inmóvil.

—Escucha, siento aparecer de este modo, no te molestaría si no fuese absolutamente necesario.

Sin cambiar un ápice su expresión, Sophie se acercó al coche, se sentó en el asiento y cerró la puerta. Sus ojos lo miraron perspicaces y desafiantes, invitándolo a explicarse. James decidió comenzar con algo de verdad para intentar ganarse su confianza.

—Te mentí ahí adentro —dijo señalando con la cabeza la entrada del club—. Si no lo hubiese hecho, me habrías despachado con dos palabras.

Ella seguía mirándolo sin inmutarse.

—Jack Ruby. Su nombre aparece en un caso en el que estoy trabajando. Un homicidio en San Pedro. No vine con intención de interrogarte, eso te lo aseguro. Hasta donde yo sé, no estás fichada, y tu nombre no ha salido en mi investigación. Simplemente dijiste que conocías a Ruby y eso despertó mi interés, por eso he vuelto. Ha sido una casualidad, te lo prometo.

Sophie hizo un movimiento casi imperceptible con la cabeza.

—Necesito tu ayuda. Estoy completamente atascado en el caso. Cualquier detalle sobre Ruby, por pequeño que sea, podría serme útil. ¿Querrías ser buena chica y echarme una mano?

Ella esbozó una sonrisa.

—¿Echarte una mano? ¿Desde cuándo los policías piden ayuda?

—Mira, te lo estoy pidiendo por las buenas. No querría tener que tomarte declaración ni nada parecido. Me caes bien, y estoy convencido de que tu relación con Ruby es puramente coyuntural.

—Pues claro que es coyuntural. Ya te he dicho que solo lo he visto una vez.

—Entonces, ¿qué es lo que te preocupa?

Ella lo miró de arriba a abajo, como si fuese la primera vez que lo veía.

—No me fío de ti.

—Eso quizá tenga arreglo.

—Enséñame tu placa.

James sacó la insignia y la puso sobre las piernas de Sophie. Esta soltó un suspiro y desvió la vista hacia el club.

—¿Qué es lo que quieres?

—Necesito que me acompañes a Dallas y me presentes a tu amiga Melba.

Ella lo miró, incrédula.

—¿Qué?

—Todos los gastos corren de mi cuenta. Incluidos los del viaje de vuelta. Una vez haya hablado con tu amiga, puedes volverte a California. Considéralo unas vacaciones pagadas.

—¿Quieres que vaya contigo a Texas?

—Eso es.

—¿Cuándo?

—Ahora mismo. En cuanto estés lista.

—¿Ahora? ¿Estás loco? ¡No tengo nada que llevarme!

—Te compraré toda la ropa que quieras por el camino.

Ella lo miró con una sombra de desdén en sus ojos.

—No soy tu puta —dijo muy despacio.

James la miró con la expresión más seria que pudo componer.

—Claro que no. Eres mi socia.

XI

A petición expresa de Sophie, pasaron por el piso de esta para que pudiese recoger algunas cosas para el viaje. Durante unos quince minutos, James esperó frente a la fachada gris del edificio, apoyado en el capó del coche, intentando aplacar con nicotina la sensación de vértigo de su estómago. Estaba a punto de emprender un viaje de más de dos días, con una chica a la que acababa de conocer, para tratar de obtener información sobre uno de los protagonistas del magnicidio más importante de las últimas décadas, y todo ello con la sombra de una peligrosa amenaza planeando sobre su cabeza. Una amenaza mucho más tangible ahora, tras el intento de atropello, que la angustiosa pero imprecisa sensación de verse envuelto en una suerte de rocambolesca conspiración alrededor del asesinato del presidente.

Sophie apareció con una bolsa de viaje azul pálido y una chaqueta marrón. Había sustituido la falda de cuero por unos vaqueros azul oscuro y los tacones por unas deportivas blancas desgastadas. Sin mediar palabra, abrió la puerta del coche, lanzó la bolsa sobre el asiento trasero y se repantingó en el sitio del copiloto.

Cruzaron la frontera con el estado de Arizona al amanecer, tras parar solo una vez para llenar el depósito. Sophie había pasado la mayor parte del camino durmiendo, y el resto del tiempo, en silencio, observando a través de la ventanilla, con la mirada perdida en la oscuridad de la noche. James había dedicado el trayecto a pensar cuánto podía y debía contarle. Sophie no era tonta y él sabía que, tarde o temprano, comenzaría a hacerse más preguntas. ¿Qué investigación podía ser tan urgente como para llevar a un policía de Los Ángeles a iniciar, en plena noche, un viaje de cientos de millas fuera de su jurisdicción, tras haberse tropezado de forma fortuita con un contacto del entorno de un hombre que ya se encontraba en prisión, nada más y nada menos que por el homicidio del asesino del presidente? Su plan era que Sophie lo condujese hasta el local de Ruby y le presentase a su amiga para que pudiera preguntarle acerca de este y de su supuesta relación con Oswald. Pero ¿qué seguridad tenía de que la tal Melba colaborase? ¿Con qué potestad podía obligarla a hablar? Como policía de Los Ángeles, no podía ejercer su autoridad fuera de la ciudad, y Sophie lo sabía, pues había visto su placa. James solo podía confiar en la buena voluntad de las dos chicas para que lo ayudasen.

Pararon a desayunar en una cafetería a la entrada de Phoenix. Por precaución, James consideró la posibilidad de coger algo para llevar y desayunar dentro del coche, pero concluyó que, si querían volver a intentar algo contra él, les sería mucho más difícil hacerlo en un sitio público. Mientras tomaban café y tostadas, James le preguntó:

—¿Cómo conociste a tu amiga Melba?

Sophie lo miró unos segundos antes de responder.

—¿Está metida ella en algún lío?

—No, hasta donde yo sé.

—Nos conocimos en un bar de copas en Luisiana, hará unos tres años. Mis amigas y yo estábamos allí de viaje y unos chicos de su grupo de amigos se acercaron a hablar con nosotras. Terminamos saliendo de fiesta todos juntos.

—¿Y os veis con frecuencia?

—No. Le hice prometer que vendría a verme a Los Ángeles, y a los dos meses cumplió su palabra. Al año siguiente, le devolví la visita y fui a verla a Dallas. Fue cuando me llevó al Carousel y me presentó a Ruby. Nos escribíamos con cierta frecuencia, pero hace tiempo que no sé nada de ella.

—¿De qué hablaste con Ruby?

—De nada. Lo único que hizo fue dedicarme algún piropo, pero no le seguí el juego. Me dio la sensación de que Melba era bastante cariñosa con él, así que pensé que quizá estuviesen liados.

—¿No se lo preguntaste?

—¿Si tenía un lío con su jefe? Por supuesto que no.

—¿Por qué me dijiste que parecía del tipo de personas que sabía relacionarse?

—Tenía pinta de ser un pez gordo. Melba me contó que al Carousel solía acudir gente importante. Estaba muy orgullosa de trabajar en un sitio así. La noche que estuve allí me señaló a un político y a un par de policías.

James dio un sorbo a su taza de café para disimular su reacción. Aquello refrendaba su teoría sobre la relación de Ruby con la Policía. La única pregunta que le quedaba por formularle a Sophie era si recordaba haber visto a Oswald la noche que había estado en el Carousel, pero prefería no revelar que su interés por Ruby estaba directamente relacionado con el asesinato del presidente. Al menos no hasta que fuese estrictamente necesario.

James se levantó a pagar y buscó con la mirada algún periódico sobre la barra y las mesas cercanas donde pudiese consultar las noticias, pero no encontró ninguno. Un hombre ataviado con un abrigo gris y un sombrero negro, que se encontraba sentado junto a la barra, le dedicó un breve vistazo. A James le resultó sospechoso que el hombre llevase el sombrero puesto en el interior del local. Una de las peores consecuencias de que hubiesen intentado atentar contra la vida de uno, pensó, era que se veían fantasmas por todas partes.

Retomaron el viaje en el más absoluto silencio. James comenzó a girar la rueda de la radio para tratar de sintonizar una emisora donde informasen de la última hora del asesinato de Oswald. Por los altavoces del coche comenzó a sonar la misteriosa melodía de cuerdas y piano de *In the wee small hours of the morning*, de Frank Sinatra. James decidió dejar la música un rato para que su interés por las noticias no pareciese demasiado evidente.

—No me gusta Sinatra —dijo Sophie de repente.

James la miró sorprendido.

—¿Y eso?

—Me parece un chulo.

James no pudo reprimir la risa. Si se hubiese tratado de uno de sus ídolos del *blues*, se habría sentido ofendido. Pero en el caso de Sinatra, no podía sino compartir la opinión de Sophie.

—Está bien, ya la quito —contestó, agradecido porque el comentario de la chica le hubiese brindado la oportunidad de cambiar a una emisora de noticias.

Eran casi las diez de la mañana y el sol pegaba con fuerza sobre el cristal del coche. James se ajustó el ala del sombrero sobre los ojos y Sophie sacó unas gafas de sol del bolsillo interior de su chaqueta. En la radio exponían las evidencias que la Policía había encontrado contra Oswald como autor del asesinato del presidente, entre ellas el hallazgo del rifle Mannlincher-Carcano en el sexto piso del depósito de libros de la plaza Dealey. James no había escuchado a ningún medio volver a mencionar el modelo Mauser que, inicialmente, habían identificado como el arma del crimen. Si no fuese por el recuerdo físico que tenía de la sensación que había experimentado al enterarse de que el arma que aparecía en el cuaderno de Dickinson coincidía con el rifle que había acabado con la vida del presidente, hubiese creído que lo había soñado. Según informaban en la emisora, el día anterior habían revelado en rueda de prensa que Oswald había comprado el rifle por correspondencia y lo había recogido en una oficina de correos de Dallas. James se puso rígido. Era la primera mención implícita que hacían a su investigación en un medio de comunicación. Sin embargo, no había trascendido ningún detalle sobre el establecimiento al que Oswald había solicitado el pedido.

A continuación, en la radio pasaron a hablar sobre Jack Ruby. James subió el volumen. Según relataban, el empresario conocía a varios policías y periodistas de la ciudad, lo que, en ningún caso, normalizaba su presencia en la comisaría en el momento del traslado. Los locutores describían a un Ruby incondicional del presidente, quien, movido por la ira y el deseo de librar a Jackie Kennedy de testificar en un juicio, había decidido acabar con la vida del enemigo público número uno de la nación. Pero aquella teoría seguía sin explicar quién o quiénes le habían facilitado el acceso al sótano del edificio para realizar su teatral acto patriótico.

James miró a Sophie de reojo.

—¿Sigues creyendo que no lo hizo él?

La chica no respondió. Con las gafas de sol puestas era difícil saber si tenía los ojos cerrados o abiertos.

—En cualquier caso, tenías razón. Ruby estaba bien relacionado —dijo James.

En la emisora, comenzaron a narrar cómo la Policía había interrogado a la hermana de Ruby la tarde anterior y esta había negado cualquier relación del empresario con Oswald. James vio la oportunidad perfecta para poder preguntar a Sophie sobre aquello sin demostrar demasiado interés.

—¿Viste a Oswald la noche que estuviste allí?

Sophie volvió el rostro hacia él. James creyó intuir una mirada de incredulidad a través de sus gafas de sol.

—¿Al asesino del presidente? Claro que no.

—Un tipo dijo ayer en la CBS que había visto a Oswald en el local de Ruby.

—Pues yo no.

Continuaron sin descanso durante casi tres horas antes de parar a comer en un restaurante de carretera entre Tucson y Willcox. Allí James encontró al fin un periódico, pero su contenido no le aportó mucha más información que la que había ido conociendo a través de la radio durante el viaje. En una de las páginas del interior venía una foto de Ruby. James lo dejó caer sobre la mesa, abierto por esa página, delante de Sophie. Esta lo observó fijamente durante unos segundos antes de musitar:

—Oh, Dios mío… Es él.

—¿Este es el hombre que conociste en el Carousel?

Ella asintió con la cabeza.

—Pues, en estos momentos, se encuentra en las dependencias de la comisaría de Dallas. Él es quien disparó a Oswald.

Si hasta el momento Sophie apenas había hablado durante el viaje, su actitud al retomar la marcha no fue muy diferente. Pese a los cristales ahumados que seguían ocultando sus ojos, se la veía visiblemente afectada por haber constatado que el jefe de su amiga, al que ella había llegado a conocer en persona, había matado a un hombre a sangre fría, nada menos que al sospechoso de haber acabado con la vida del presidente. James supuso que un montón de preguntas bullirían en su mente en aquel momento, así que decidió dejarla tranquila y empezar a pensar en dónde y cómo pasarían la noche. Según sus cálculos, cruzarían al estado de Nuevo México en un par de horas. El trayecto hasta Las Cruces estaba salpicado de moteles de carretera, pero las habitaciones exteriores de estos suponían prácticamente una invitación a que sus potenciales atacantes intentasen algo durante la noche. Un hotel urbano, en el centro de Las Cruces, con varios dormitorios por piso, se le antojaba una opción mucho más segura. Además, estaba el asunto de cómo iban a dormir. Lo más adecuado para no levantar sospechas sería coger una sola habitación para los dos, pero no sabía qué opinaría Sophie sobre compartir cama con él. Y la opción de solicitar una habitación doble con dos camas resultaría todavía más sospechosa. James desconocía quiénes habían tratado de matarlo en Los Ángeles y si volverían a intentarlo, pero estaba resuelto a dejar el menor rastro posible. Para ello necesitaba que la reserva figurase a nombre de la chica. Pero no se le ocurría una forma de convencer a Sophie sin que desconfiase del motivo.

—Creo que podríamos parar en Las Cruces a pasar la noche. Está justo a mitad de camino. ¿Has estado alguna vez?

Sophie negó con la cabeza.

—¿Vas a estar todo el viaje sin hablarme?

Ella alzó una ceja.

—No sé qué quieres que diga. Llevo nueve horas metida en un coche camino a Texas con un desconocido.

—Con un agente de la ley, no con un desconocido.

—Aún no puedo creerme que accediera a acompañarte. Ni siquiera sé qué demonios estoy haciendo aquí.

—Colaborar en una investigación policial.

—Una investigación que sobrepasa tu jurisdicción. ¿No eres un policía de Los Ángeles? ¿Qué diablos vas a hacer en Dallas?

—Recabar información clave sobre el hombre al que investigo.

—Ese hombre ya está en prisión. Nada menos que por matar al asesino del presidente.

—Lo sé, pero la ley no funciona así. No voy a dejar de investigar a alguien solo porque haya cometido otro crimen de mayor trascendencia.

La explicación pareció convencer a Sophie, al menos en parte.

—Llegaremos a Las Cruces en un par de horas. Podemos descansar un rato en el hotel y luego salir a cenar algo por la ciudad.

—Lo que tú digas, polizonte.

XII

La ciudad de Las Cruces era una población en mitad de la interestatal 10, compuesta de varias manzanas reticulares de edificios de una y dos alturas, que se extendía a la sombra de la sierra de los Órganos. James aminoró la marcha al enfilar la calle principal, atento a algún hotel donde pudiesen pasar la noche. En la intersección con la calle Griggs, pudo distinguir un edificio rojo ladrillo de tres pisos, con cornisas blancas y ventanas de guillotina, y un letrero sobre la azotea que rezaba HOTEL HERNDON. Justo en ese momento, se le ocurrió cómo conseguir de manera natural que la reserva figurase a nombre de Sophie y dejarla a ella la elección del tipo de habitación. James detuvo el coche en la acera de enfrente al hotel, sacó la cartera y le tendió a la chica treinta dólares.

—Voy a comprar tabaco para los dos y a echar gasolina. Bájate y encarga una habitación para esta noche. Esto es por si te piden algún adelanto.

La chica vaciló unos instantes antes de coger el dinero y bajarse del coche. Abrió la puerta trasera, cogió su bolsa y cruzó la calle en dirección al hotel.

James arrancó el coche y se dirigió a hacer lo que había dicho. Al igual que la noche anterior, había estado todo el día pendiente de los retrovisores para comprobar si los seguían, pero no había detectado nada extraño. No obstante, se obligó a sí mismo a no relajarse demasiado mientras compraba tabaco en la gasolinera y conducía de regreso al hotel. A su llegada, descubrió que la habitación que Sophie había escogido, o al menos la que le habían dado, incluía una cama de matrimonio. James no pudo evitar la pregunta.

—¿No te importa dormir conmigo?

Ella se encogió de hombros.

—Mientras tengas claro cuál es tu lado de la cama…

James se quitó los zapatos y se tumbó sobre la colcha. Estaba agotado por haber conducido durante casi once horas sin apenas descanso y le dolían la espalda y el cuello de ojear continuamente el retrovisor. Sophie ya había deshecho su bolsa y había encendido la televisión. Los periodistas detallaban los pormenores del funeral de Estado de John Fitzgerald Kennedy, al que habían acudido dirigentes y altos dignatarios procedentes de los cuatro continentes, incluidos miembros de la familia real de Bélgica, Grecia y Reino Unido. Durante toda la jornada, la actualidad informativa había estado marcada por los actos para despedir al presidente en Washington, relevando todo lo relacionado con el asesinato de Oswald a un segundo plano.

—Será mejor que me dé una ducha —dijo James mientras se levantaba a abrir su maleta para coger un calzoncillo y una camisa limpia.

—Yo me esperaré a que volvamos.

Cuando salieron del Herndon, el sol había empezado ya a caer. Unas nubes grises, que se extendían hasta la cordillera, se destacaban con marcados contornos rosáceos sobre un cielo azul pálido veteado de naranja. James tomó consciencia por primera vez de que se encontraba en mitad del desierto de Nuevo México, a más de setecientas millas de su casa. El hecho de que, apenas diez horas antes, se encontrase en Los Ángeles se le antojaba inverosímil.

Cenaron unos tacos acompañados de unas cervezas con tequila en un local a dos manzanas del hotel. Mientras chuperreteaba el limón de su tequila, la pregunta que James temía desde el día anterior llegó a bocajarro:

—¿Tiene algo que ver tu caso con el asesinato del presidente?

James se quitó la corteza de la boca y la dejó despacio sobre la mesa.

—No, hasta donde yo sé —mintió, e hizo una pequeña pausa—. Y aunque lo estuviese, no tengo potestad para investigarlo.

—¿Y a qué viene tanta prisa por ir a Dallas? ¿No podías esperar a que amaneciese?

—Hay aspectos de mi investigación que no puedo compartir contigo, como seguro entenderás. Además, no tenía ninguna garantía de que, si quedaba para recogerte a la mañana siguiente, decidieses presentarte a la cita.

Sophie dio un largo sorbo a su cerveza y la posó sobre la mesa con un punto de irritación.

—Volvamos ya. Estoy cansada y quiero ducharme.

—Sí, ha sido un día largo. Aún no te he dado las gracias, por cierto. Por haber accedido a acompañarme.

—Cierto —dijo mientras se dirigía hacia la salida del local—. Aún no me las has dado.

James pagó la cuenta mientras Sophie lo esperaba fumando en el exterior. Todavía había algo de luz en el cielo cuando emprendieron el camino de regreso al hotel. A mitad de trayecto, James pudo distinguir la figura de un hombre enfundado en un abrigo azul oscuro, con bufanda y sombrero grises, que los observaba junto al escaparate de una tienda de muebles al otro lado de la calle. Había algo en su actitud, en la serenidad y la medida pausada de sus movimientos, que denotaba una cierta naturalidad fingida, impostada, imperceptible a ojos paganos, pero no a los de un sabueso. Y menos aún a los de uno con los sentidos agudizados, en estado de alerta desde la noche anterior. James conocía demasiado bien a sus semejantes como para plantearse que su juicio pudiese ser fruto de la paranoia. Aquel hombre era un agente y probablemente no de Policía, sino de alguna institución superior. Junto a la desazón, un sentimiento de enfado comenzó a surgir en su interior. La presencia de aquel hombre solo podía significar que lo habían seguido hasta allí, y que él no había sido capaz de detectarlo. La destreza con la que se había llevado a cabo aquel trabajo reforzaba su apuesta sobre la identidad de su perseguidor.

James evitó mirar directamente a la acera donde se encontraba el hombre cuando pasaron a su altura. Hacerle saber que lo había descubierto solo podía precipitar los acontecimientos, cualesquiera que estos fueran. Y aunque una parte de él estaba deseosa de afrontar la situación en busca de alguna respuesta, en aquel momento debía velar por la integridad de dos personas, una de las cuales se hallaba envuelta en aquella intriga de forma completamente ajena a su voluntad.

James pudo ver por el rabillo del ojo como el hombre echaba a caminar despacio, con las manos en los bolsillos del abrigo, manteniendo con ellos una distancia prudencial. Tenía que actuar rápido si quería evitar conducirlo hasta el hotel, aunque probablemente ya hubiese descubierto dónde se alojaban.

—Voy a ir a comprar algo para beber. Te veo en la habitación.

En los ojos de Sophie pudo distinguir un brillo de extrañeza, pero la chica decidió continuar hacia el Herndon sin hacer preguntas. James cruzó la calle hasta la acera donde se encontraba su perseguidor, aún varios pasos por detrás de él. Pasó por delante a medio trote y continuó por la acera derecha de una calle perpendicular a Main Street hasta una callejuela que se adentraba entre dos edificios. Nada más doblar la esquina, apoyó la espalda contra la pared y desenfundó el revólver. Con sumo cuidado, asomó la cabeza tras el muro, esperando ver a su perseguidor doblar la esquina del cruce, pero este no apareció. James se volvió y pudo ver que el callejón tenía salida al otro lado. En mitad del mismo, pegado a la pared, frente a una puerta de servicio, había un contenedor y un cubo de basura. Intuyendo que el hombre intentaría cerrarle el paso por el otro lado, James se dirigió hacia el contenedor para esperarlo parapetado tras el mismo, pero, antes de que pudiese alcanzarlo, oyó un ruido a su espalda y casi simultáneamente sintió cómo algo le pinchaba en el costado.

—Tire el revólver al suelo.

James no tuvo más remedio que obedecer.

—Dese la vuelta y apoye la espalda contra la pared. Despacio.

El hombre dio un paso hacia atrás y James sintió cómo el cañón de la pistola dejaba de presionarle el riñón. Haciendo caso a las indicaciones de su captor, James se volvió lentamente El hombre que había visto frente al escaparate hacía unos instantes sostenía, con una mano enguantada, una Smith and Wesson que lo apuntaba directamente al estómago. Se trataba de un hombre de casi cincuenta años, con el pelo entrecano y los ojos azules enmarcados por unas gruesas cejas negras. Tenía aspecto de exmarine y algo en su mirada, firme y adusta, denotaba una ligera aprensión. Durante varios segundos, el hombre se lo quedó mirando en silencio, como si se estuviese tomando su tiempo en evaluarlo y determinar cómo dirigirse a él. James decidió no abrir la boca y mantenerse a la espera.

—¿Qué está haciendo en Nuevo México, detective? —preguntó el hombre al fin.

—Viaje de placer. ¿No ha visto a esa monada que iba conmigo por la calle?

La mirada del hombre se endureció.

—¿Quién es ella y por qué lo acompaña a Dallas?

James comprendió entonces que aquella partida la jugaba con las cartas al descubierto. Aquel hombre contaba con más información sobre él de lo que en un primer momento había imaginado y la iría utilizando a medida que necesitase poner en evidencia sus invenciones, con el objetivo de disuadirlo de seguir mintiendo. La estrategia del cinismo carecía ya de sentido, pero estaba decidido a dejar a Sophie al margen de cualquier relación con su caso.

—Es una puta de Los Ángeles. Me gusta viajar acompañado.

El hombre lo miró con una sombra de desdén en sus ojos.

—¿Y qué es exactamente lo que se le ha perdido en Dallas?

—No sé exactamente por qué debería contestar a esa pregunta, teniendo en cuenta que yo soy agente de la ley y usted me está apuntando con un arma.

El hombre vaciló unos instantes antes de bajar levemente el cañón del revólver, pero siguió apuntándolo con el mismo.

—El jueves pasado usted realizó una llamada a la Policía de Dallas para solicitar información sobre Lee Harvey Oswald.

—¿El asesino del presidente? —contestó James, fingiendo sorpresa.

—¿Para qué necesitaba esa información?

—Sigo sin saber quién es usted y a quién representa.

El hombre guardó silencio durante un breve instante antes de responder:

—Soy agente federal. Es todo lo que necesita saber por ahora.

El FBI. Sus sospechas no iban desencaminadas. Solo una agencia de inteligencia podía haberlo localizado de una forma tan discreta y efectiva. Llegados a ese punto, James sabía que no tenía más opciones que decir la verdad.

—Investigo un caso de asesinato en Los Ángeles y el nombre de Oswald aparecía anotado en el cuaderno de pedidos de la víctima.

—¿Quién era la víctima?

—Un armero del sur de la ciudad, de nombre Rupert Dickinson, pero imagino que todo esto ya lo sabrá y que solo está corroborando la información que posee.

El hombre no se inmutó.

—¿Y sus superiores lo han enviado a Dallas a investigar a Oswald?

—No he hablado con mi superior desde hace días. Y Oswald lleva muerto desde el viernes.

—¿Es usted consciente del peligro que corre?

En ese momento, James comprendió que el hombre que se encontraba frente a él apuntándolo con un arma no pretendía hacerle daño, quizá solamente una advertencia. Eso lo situaba en un plano distinto a quien había intentado matarlo la noche anterior. Aquellos habían actuado antes de preguntar.

—Empiezo a ser consciente —respondió—. ¿Pero qué quiere que haga al respecto?

—Que coja a su amiga, dé la vuelta y se olvide de todo este asunto. Por su propio bien.

—Lo siento, pero no puedo hacer eso. Anoche intentaron atropellarme frente a mi casa. No puedo volver allí.

La mirada del agente se ensombreció, pero no pareció sorprenderse.

—No vuelva a Los Ángeles entonces. Piérdase en cualquier otro lugar. Pero no continúe hacia Dallas.

—No sé si podré evitarlo.

El hombre le dirigió una sonrisa casi imperceptible.

—Tiene usted pinta de ser un tipo listo, así que intuyo que habrá iniciado este viaje porque hay cosas que no le cuadran. El país está atravesando momentos muy duros, los más oscuros de su historia reciente, y puede estar seguro de que estamos trabajando concienzudamente para resolver todas las incógnitas. Pero esto le viene grande, detective, así que es mejor que siga mi consejo. Deje su caso a un lado, tómese unas vacaciones y no siga escarbando. Usted es detective de Homicidios, seguro que sabrá cuidarse. Ya lo localizaré, llegado el caso. Buena suerte y manténgase alerta.

El agente guardó la pistola dentro de su abrigo y echó a andar hacia la salida del callejón. James sentía cómo el corazón le latía con fuerza mientras su cabeza se afanaba por intentar entender lo que acababa de ocurrir. Aquello no había sido una amenaza, al menos no en el sentido estricto de la palabra, sino más bien un aviso, una advertencia. Aquel agente del FBI había reconocido que había cosas que no cuadraban. ¿Estaba admitiendo que aún existían cabos sueltos en torno al caso Kennedy? ¿Acaso sospechaba, como él, que había algo extraño en el asesinato de Oswald? A pesar de la insistencia, la invitación a que cejase en su búsqueda había sonado más a un consejo que a una orden. James estaba convencido de que el FBI podía ser mucho más contundente a la hora de evitar que algo contrario a sus intereses se produjese. Por último, el hombre había abierto la puerta a un nuevo encuentro en el futuro —«Ya lo localizaré, llegado el caso»—, y le había pedido que se mantuviese alerta.

Mientras se dirigía de regreso al hotel, James deseó que Sophie hubiese subido directamente a la habitación y no hubiese decidido rezagarse y esconderse tras alguna esquina para averiguar a dónde se dirigía. Cuando se encontraba a escasos metros del edificio, pudo distinguir luz en la ventana del cuarto. Aquello lo tranquilizó un poco, pero su agitada mente no estaba preparada para la escena que lo esperaba en la habitación. Sophie se encontraba de pie junto a la cama, con la cara desencajada. Tenía los ojos húmedos y enrojecidos y los pómulos ligeramente inflamados. Su aspecto era el de alguien que acababa de sufrir un ataque de nervios. Cuando vio aparecer a James, le dirigió una mirada cargada de resentimiento.

—Eres un puto mentiroso —masculló.

James la miró, confuso.

—¿Qué?

Con la barbilla temblando, Sophie levantó el brazo y señaló hacia la cama. James miró en la dirección en la que apuntaba el dedo de la chica y lo entendió todo. Sobre la colcha, se encontraban los libros de la armería. James la miró fijamente.

—¿Has estado rebuscando en mi maleta?

—Me dijiste que tu caso no tenía nada que ver con el asesinato del presidente.

James dirigía su mirada alternativamente a Sophie y a los cuadernos que reposaban sobre la cama, sin saber cómo reaccionar.

—Me largo de aquí —dijo la chica—. No quiero tener nada que ver con todo esto.

—Espera, déjame explicarte…

—¿Que te deje explicarte? ¿Por qué tendría que creer una sola palabra de tu boca? Dime, ¿a qué demonios vas a Dallas?

—A encontrarme con tu amiga para obtener información sobre Ruby.

—¿Qué coño hace el nombre del asesino del presidente en esa libreta?

James la miró desarmado, sin saber qué contestar.

—Me mentiste. Me mentiste a la cara mientras cenábamos. Ya puedes ir olvidándote de que te ayude a localizar a Melba. Me largo de vuelta a Los Ángeles.

James pudo ver que la bolsa azul de Sophie se encontraba cerrada a los pies de la cama. La chica había recogido sus cosas para marcharse.

—¡Espera! Es peligroso que salgas ahí fuera. Acabo de tropezarme con un hombre armado.

Un relámpago de ira surcó los ojos de Sophie.

—¡Hijo de puta! —gritó mientras se abalanzaba sobre la cama y le arrojaba el cuaderno de pedidos a la cara.

James se apartó a tiempo para esquivarlo y pudo ver como se estrellaba contra la puerta de la habitación.

La chica se dejó caer sobre la cama y comenzó a sollozar. James la miró, abatido. Un sentimiento de culpa comenzó a brotar en su interior. Sophie estaba muerta de miedo y era él quien la había conducido a aquel estado. Despacio, se acercó a la cama y se sentó junto a ella.

—Escucha. Déjame contártelo todo. Desde el principio. Luego podrás decidir qué hacer. Si quieres marcharte, prometo no detenerte.

Ella levantó la cabeza. En sus ojos vidriosos, empañados por el miedo, James creyó distinguir un ligero atisbo de confianza desesperada.

—El cuaderno que acabas de leer es una libreta de pedidos. Estaba en la escena del crimen del asesinato que investigo. Evidentemente, la primera vez que vi el nombre de Oswald en él no significó nada para mí, solo un hombre que encargaba un arma por correspondencia, pero me pareció extraño que alguien se molestase en pedir a Los Ángeles un modelo de rifle que podría conseguir en cualquier armería de Texas. Así que contacté con la Policía de Dallas para solicitar información sobre aquel individuo, pero no tenían nada. Estamos hablando del jueves de la semana pasada. Luego, se produjo el atentado y vi como el tipo que aparecía en el cuaderno resultaba ser el principal sospechoso del asesinato del presidente. Apenas dos días más tarde, Ruby acaba con Oswald delante de las televisiones de todo el país. Luego, te conozco y me cuentas que tienes un nexo con Jack Ruby. Voy a Dallas en busca de respuestas. No solo acerca de mi caso, sino quizá también sobre el asesinato del presidente. Hay algo muy extraño en todo esto. Es como si se esforzasen en hacernos creer una historia que no termina de encajar.

—Oh, Dios mío… —ella lo miró, entre incrédula y alarmada—. Pero ¿quién te has creído que eres? ¿Una especie de *boy scout*?

Él la observó sin decir nada. Quizá tuviera razón. Quizá debía hacer caso al hombre del callejón y olvidarse de todo aquel asunto.

—¿Es verdad que has tenido un encuentro desafortunado? ¿O era solo otra mentira para evitar que me fuese?

James negó con la cabeza.

—Tienes que entender que lo que estoy haciendo puede levantar muchas ampollas. Y, de hecho, ya está levantando algunas. Así que, si no quieres continuar, lo entenderé perfectamente.

Sophie apartó la vista y permaneció en silencio durante unos instantes, con la cabeza apoyada en su mano derecha y la mirada perdida en una esquina de la habitación.

—¿Crees que mi amiga Melba puede estar en peligro?

—No lo sé. Es posible. Es muy probable que cualquiera que pueda tener información sobre este caso lo esté.

Sophie soltó un suspiro y se secó los ojos con las manos.

—Está bien, *boy scout*. Te acompañaré hasta Dallas para asegurarme de que mi amiga se encuentra bien. Luego, regresaré a Los Ángeles y no volverás a verme.

James la miró muy serio.

—Trato hecho.

XIII

Hacía largo rato que podían distinguirse, emergiendo de las extensas llanuras a uno y otro lado de la carretera, las altas estructuras de las torres de perforación y, a sus pies, los balancines de los pozos de extracción, como garzas metálicas inclinadas sobre la superficie, succionando con codicia el contenido de la tierra. Habían dejado atrás El Paso a primera hora de la mañana y, durante un par de horas, habían continuado por la interestatal 10, que, a aquella altura, transcurría muy próxima a la frontera con México, antes de adentrarse en el corazón del estado en dirección este. Pasado Van Horn, habían tomado la interestatal 20 y habían parado a comer en Odessa.

—Creo que deberíamos realizar una parada más —dijo James—. Podríamos intentar llegar hoy a Dallas, pero no sería antes de las ocho, como muy pronto. Quizá sea mejor parar a dormir pasado Abilene y llegar al día siguiente más descansados.

—Me parece bien.

El resto del viaje transcurrió sin ninguna incidencia. James temía que, tras la revelación de la noche anterior, Sophie lo acribillase a preguntas sobre la investigación, pero, tras descubrir el verdadero motivo por el que se dirigían a Dallas, la chica parecía haber decidido que, cuanto menos supiese del asunto, mucho mejor. Así que la exigua conversación durante el trayecto se centró en generalidades, como el tiempo, los viajes por carretera y los lugares que cada uno había visitado al sur del país.

Divisaron la silueta de los rascacielos de Dallas a las diez y media de la mañana del día siguiente, tras haber hecho noche en Cisco. A medida que dejaban atrás la autopista y se adentraban en la ciudad, James tuvo la sensación de penetrar en una atmósfera densa, enrarecida. La ciudad olía a silencio, a tragedia y a culpa. Recordó cómo la noche anterior había estado a punto de tomar la decisión de regresar a Los Ángeles. Pero allí estaba, en el enclave que había sido testigo del primer asesinato de un presidente desde hacía sesenta años.

Sophie recordaba con bastante precisión dónde se encontraba el piso de su amiga, así que no tardaron mucho en localizarlo. Era un edificio de siete pisos de color arena, con bastante mejor aspecto que la vivienda de Sophie en Los Ángeles. Aquello demostraba que no era lo mismo trabajar en el Carousel, donde podías granjearte los favores y propinas de su selecta clientela, que ganarse la vida en un tugurio como el club Island de Santa Ana. Llamaron al timbre varias veces, pero no hubo respuesta.

—Parece que no hay nadie.

—¿No crees que deberíamos subir? —preguntó Sophie, visiblemente preocupada.

—Quizá haya salido a hacer cualquier cosa. Podemos pasarnos por el Carousel y, si no la vemos allí, volver más tarde. Prometo que tiraré la puerta abajo si nadie contesta para entonces.

—Está bien, pero parece que has olvidado que se trata de un cabaré, polizonte. No lo encontrarás abierto a estas horas.

—Vale, pues aprovechemos para buscar un sitio donde quedarnos.

Decidieron coger una habitación en un hotel de mejor calidad esta vez. James guardó los cuadernos de la armería en la caja fuerte de la habitación y bajaron a comer a un restaurante italiano próximo al mismo.

—Podríamos ir a la plaza Dealey mientas hacemos tiempo hasta que abran el Carousel.

Sophie lo miró enarcando una ceja.

—¿Vas a ponerte a buscar huellas por las aceras, *boy scout*?

—Vamos —dijo James en actitud cómplice—, no me digas que no sientes curiosidad por ver el lugar donde mataron al presidente.

Dime que no te despierta cierto morbo.

La chica soltó un suspiro.

—Está bien, vayamos a la maldita plaza.

La plaza Dealey estaba compuesta por tres carreteras de triple carril que convergían trazando la forma de un tridente en una única vía rápida que conducía hacia el oeste de la ciudad. Aquellas pistas eran una prolongación de las calles Elm, Main y Commerce, provenientes del centro de Dallas, las cuales eran cortadas perpendicularmente por la avenida Houston en el lado este de la plaza. La calle principal transcurría en línea recta hacia las vías del tren, mientras que Elm y Commerce se curvaban de forma simétrica hasta juntarse con la primera bajo el puente del ferrocarril. El espacio entre las carreteras estaba ocupado por dos extensiones de césped en forma de cuña. En la parte próxima a Houston, entre los árboles, podían distinguirse unas pagodas con columnas blancas y un obelisco del mismo color en la mediana izquierda, entre Elm y la avenida principal.

Torcieron a la derecha por Houston, en dirección norte, y detuvieron el coche en el embarrado estacionamiento que se encontraba junto al depósito de libros. James bajó del coche y miró hacia arriba. Se trataba de un edificio de color marrón con ventanas arqueadas y un cartel amarillo y negro en la azotea que anunciaba coches de alquiler. Desde el sexto piso de aquel edifico era desde donde, supuestamente, Oswald había disparado al presidente.

La atmósfera en la plaza era incluso más densa que en el resto de la ciudad. El silencio sepulcral en el que se hallaba sumida era solo interrumpido por el zumbido de los coches que circulaban por las tres vías. James siguió con la mirada a un Packard 400 azul que torcía por Elm hacia el oeste. Aquel era el recorrido que había realizado el coche del presidente en el momento en el que se había visto sorprendido por los disparos. A continuación, según había descrito la prensa, la comitiva había acelerado hasta perderse de vista tras el puente, en dirección al hospital de Parkland. Según sus cálculos, el impacto habría alcanzado a Kennedy más o menos a la altura de la posición en la que Sophie y él se encontraban ahora, con la valla que delimitaba el aparcamiento donde habían dejado el coche a su espalda. James imaginó la cabeza del presidente estallando junto al pecho de la primera dama, y se estremeció. Miró hacia arriba y trató de calcular la trayectoria que habría seguido la bala desde el sexto piso del depósito de libros hasta el coche presidencial. La línea de visión tropezaba con las copas de los árboles de aquel lado de la plaza. Si Oswald había sido capaz de acertar desde aquella posición a través del follaje, debía ser un tirador formidable.

En la parte de la plaza donde se encontraban, así como en las medianas centrales, la gente había dejado ramos y coronas de flores en recuerdo del presidente. James pudo ver a una familia, a pocos metros de donde se encontraban, depositando unas rosas blancas sobre la hierba. Sophie se le acercó por detrás y le susurró.

—¿No querías verla? Pues ahí la tienes. Este lugar me da escalofríos… ¿Podemos irnos ya?

Con la imagen de la cabeza ensangrentada del presidente todavía en su mente, James asintió sin decir nada y echó a andar hacia el coche.

La entrada del Carousel se encontraba integrada en la fachada de un restaurante de carne a la brasa llamado Real Pit BAR-B-Q, de forma que, a simple vista, era casi imposible distinguir un negocio del otro. El cartel que anunciaba el cabaré, en el que podía leerse CAROUSEL BURLESQUE en letras grandes enmarcadas con la palabra CHICAS en tipografía más pequeña a uno y otro lado del rótulo, se encontraba justo encima del escaparate con letras de neón del restaurante, las cuales titilaban junto a una cabeza de vaca de largos cuernos. Pegada a la entrada del bar, a la izquierda, bajo dos pequeños focos de pantalla campaniforme y un cartel que anunciaba el nombre de las principales bailarinas del local, se encontraba la angosta entrada al club de Ruby. El muro a la derecha de la puerta estaba salpicado de fotos de chicas semidesnudas, mientras que de la pared izquierda colgaban dos paneles acristalados, uno con más fotos y posters de bailarinas y otro con un cartel que rezaba CERRADO. Pese al letrero, James empujó suavemente la puerta y esta cedió hacia el interior.

—Quítate el sombrero —le dijo Sophie—. Apestas a polizonte a una milla de distancia. Y déjame hablar a mí.

El interior del local se hallaba sumido en la penumbra. Al fondo, podía distinguirse una barra de *striptease* encima de una tarima, rodeada de mesas circulares con sillas que descansaban boca abajo sobre las mismas. A la izquierda, había una barra de bar tras la que se encontraba un camarero con esmoquin apilando botellas en los estantes superiores. Sophie se acercó a la barra. James decidió quedarse junto a la puerta, oculto entre las sombras.

—Está cerrado —dijo el camarero al ver acercarse a la chica.

—Lo sé. No le robaré mucho tiempo. Estoy buscando a Rose Cherami. Trabaja aquí.

—El local lleva cerrado desde el asesinato del presidente, así que no he visto a ninguna de las chicas desde el viernes.

—¿Cuándo fue la última vez que vio a Rose?

—Pues ahora que lo dice, hace bastante tiempo que no viene por aquí. Diría que unas dos semanas.

—¿La han despedido?

—Lo desconozco, señorita. Yo solo me encargo del bar. Y, ahora, si me disculpa…

—Espere. Rose es prima mía. Últimamente se ha entregado a la bebida y no soy capaz de localizarla. Estoy preocupada por ella. ¿Podría darme el contacto de alguna de las otras chicas? Quizá ellas sepan algo más.

El camarero vaciló durante unos instantes antes de responder.

—Está bien. Espere un momento.

Con sus ojos acostumbrándose progresivamente a la tenue luz del local, James pudo distinguir la silueta de un hombre sentado en una de las mesas circulares al otro lado de la sala. Desde la puerta y con aquella luz, no pudo apreciar sus facciones ni el color de su traje, pero, por la forma en la que alzaba la cabeza, tuvo la sensación de que lo observaba.

—Vamos —dijo Sophie apareciendo de entre la oscuridad.

—¿Rose Cherami? —preguntó James mientras salían al exterior.

—Es el nombre artístico de Melba.

—¿Qué has conseguido?

—Me ha dado el contacto de una de las bailarinas —dijo mostrándole un papel con un nombre y un número de teléfono.

—Habrá que llamarla entonces.

—Sí, pero antes volvamos a casa de Melba.

La noche había comenzado a caer sobre la ciudad cuando llegaron al domicilio de la bailarina. Estuvieron llamando al timbre durante varios minutos, pero tampoco en aquella ocasión hubo respuesta. Consiguieron que un vecino les abriese la puerta del portal, y subieron al piso de la chica. James golpeó con fuerza la hoja de madera varias veces y pegó el oído a la misma, pero no pudo distinguir ningún sonido en el interior. Finalmente, se echó hacia atrás para tomar impulso y abrió la puerta de una patada. Lo que vieron en el interior confirmó sus peores temores.

El piso se hallaba inmerso en el más absoluto desorden. Prácticamente, todos los cajones estaban abiertos o volcados sobre el suelo, el cual se encontraba salpicado de toda suerte de objetos dispares, como papeles, revistas, libros, ropa, cojines y cuadros. Alguien había estado registrando aquel domicilio a conciencia, pero era imposible saber si había encontrado lo que buscaba. Al menos, pensó James, no se habían tropezado con ningún cuerpo sin vida en el interior.

—Es posible que huyese mucho antes de que entrasen a buscar lo que sea que estuviesen buscando —dijo James en un intento de tranquilizar a Sophie—. Aunque también cabe la posibilidad de que llegase un día a casa y, al encontrar el piso así, se asustase y decidiese buscar refugio en alguna otra parte.

Sophie se dejó caer sobre el sofá desnudo y hundió el rostro entre sus manos. Tras unos instantes en silencio, dijo:

—El hombre armado del que me hablaste en Las Cruces… ¿Qué es lo que quería?

—Era un agente federal.

—¿Crees que el FBI se ha llevado a Melba? —preguntó alzando la vista en dirección a James con un brillo de temor en los ojos.

—No lo sé. La verdad es que no sé qué pensar.

James creía que, si el FBI se había llevado a la chica, la soltarían una vez comprobasen que no tenía nada que ver con el asesinato de Oswald o con el del presidente. Pero también temía hasta dónde podían llegar los métodos de la agencia para conseguir que la versión de los hechos que se quería imponer cuadrase sin dejar ningún cabo suelto. James recordó las palabras del agente en Las Cruces: «Intuyo que habrá iniciado este viaje porque hay cosas que no le cuadran. El país está atravesando momentos muy duros, los más oscuros de su historia reciente, y puede estar seguro de que estamos trabajando concienzudamente para resolver todas las incógnitas». James se preguntó qué significaría realmente la palabra «resolver».

—Tengo miedo —dijo Sophie.

—Yo también —contestó James, sentándose a su lado y pasándole el brazo por los hombros.

Permanecieron así durante varios minutos, con ella apoyando la cabeza sobre su hombro, hasta que James dijo:

—Debemos irnos. No conviene que nadie nos encuentre en un piso en estas condiciones. Volvamos al hotel y llamemos al teléfono que te ha dado el camarero del Carousel. Quizá esa chica pueda contarnos algo.

Nada más llegar al hotel, James se dirigió al baño, abrió el grifo y se bebió un vaso de agua fría. Luego, fue hasta el minibar y sirvió dos copas de *whisky*, una para él y otra para Sophie. Llamó a recepción para pedir que les subiesen la cena, cogió su *whisky* y se acercó a la ventana de la habitación. Al verse reflejado en el cristal, recordó la noche que había pasado en casa de su amigo Dean y el Ford Fairlane marrón que había visto aparcado junto al parque. Se preguntó si su amigo estaría bien y si alguien lo habría importunado por todo aquel asunto. James miró hacia abajo. Desde aquella altura y en plena noche, era difícil distinguir a una persona o el modelo de un coche. James oyó como llamaban a la puerta de la habitación y se sobresaltó. Se volvió hacia Sophie y esta le devolvió la mirada, asustada, pero pronto cayó en la cuenta.

—El servicio de habitaciones —dijo ella.

James respiró, aliviado. Ambos estaban demasiado alterados. Se preguntó cuántos días más podría soportar su cuerpo y su mente aquel estado de alerta continuo.

Mientras cenaban, James cogió el papel que descansaba sobre la mesilla y miró el contacto que habían conseguido en el Carousel.

—Si queremos que nos cuente todo lo que sabe, no podemos preguntar por tu amiga directamente. Si está al tanto del asunto, lo más probable es que se asuste, cuelgue el teléfono y adiós a nuestra única pista.

—¿Y qué sugieres?

—Si el Carousel lleva cerrado seis días, es probable que esté buscando trabajo. Podría hacerme pasar por el dueño de algún club nocturno y citarla para una entrevista mañana por la mañana.

—¿Tú jugando a ser un Jack Ruby? —preguntó Sophie con una sonrisa incrédula.

—Sí. ¿Tienen los empresarios del mundo de la noche secretarias?

—Claro.

—Pues quizá sería más realista que la llamases tú de mi parte para concertar la entrevista.

—¿Ahora?

—Los empresarios de la noche trabajan de noche, ¿no?

—Sí, pero no sus secretarias.

James esbozó una sonrisa.

—De acuerdo, pues mañana por la mañana puedes llamarla para reunirnos con ella por la tarde. Podemos citarla en la recepción del hotel. Es la opción más segura y además le causará buena impresión. Creerá que la oferta es para trabajar en un sitio con clase.

—No sabía que las investigaciones podían ser tan entretenidas —dijo Sophie con sorna.

—Y tú que querías volverte a Los Ángeles…

—Aún estoy a tiempo.

—Vamos —dijo James—. Pongámonos a trabajar en nuestra actuación de mañana.

XIV

James la vio atravesar las puertas giratorias que daban paso al vestíbulo del hotel. Desde su posición, cómodamente sentados en dos sillones de cuero blanco junto a una pequeña mesita negra de mármol, tenían visión de toda la planta baja del edificio, desde la recepción hasta la cafetería. Se trataba de una chica de treinta y pocos años, delgada y con el rostro anguloso. Se había arreglado a conciencia para la ocasión. Llevaba el pelo rubio cardado y los labios pintados, y lucía unos elegantes pendientes dorados. Vestía un vestido rosa ceñido y un abrigo de pelo de visón de imitación. James se levantó y alzó la mano para captar su atención. Al verlo, la chica compuso su mejor sonrisa y se aproximó despacio, con andar seductor.

—La señorita Baines, imagino —dijo James haciendo una inclinación de cabeza y sosteniendo la mano de la chica, cortés—. Soy Roger Hilbert y esta es mi secretaria, la señorita Williams.

—Encantada de conocerla —dijo Sophie, tendiéndole la mano.

Aquella mañana había llamado al teléfono que le habían facilitado en el Carousel y había hablado con Lilian Baines, interpretando su papel a la perfección. Se había presentado como la secretaria del señor Hilbert, quien estaba a punto de abrir un nuevo local en la ciudad, y la había citado a primera hora de la tarde para una entrevista en el hotel. Después, habían ido a comprar ropa adecuada para la ocasión. Sophie se había hecho con un jersey cámel de cuello alto, una falda marrón y unos elegantes zapatos de tacón color chocolate. James, por su parte, había comprado un traje de chaqueta gris oscuro y una corbata color vino para su rol de empresario de la noche.

—Por favor, tome asiento —dijo separando una silla de la mesa para que la chica pudiese sentarse.

—Muy amable.

Durante los siguientes quince minutos, James trató de engatusar a Lilian Baines. Le explicó que su socio la había visto actuar en el Carousel en varias ocasiones y que era la clase de artista que estaba buscando para su nuevo salón. Sin hacer mención explícita a la detención de Ruby, le explicó que, tras los «desafortunados sucesos recientes», el Carousel estaba condenado al cierre, y que estaba dispuesto a ofrecerle un salario más que generoso si decidía aceptar su oferta.

—No obstante, como seguro entenderá —dijo riéndose con una calculada mezcla de profesionalidad y canallería—, hay una serie de habilidades que espero de mis chicas que no pueden demostrarse en la recepción de un hotel. Pero da la casualidad de que tengo una habitación alquilada diez plantas más arriba, por lo que me gustaría pedirle que terminásemos allí nuestra entrevista.

Una señal de alerta se encendió en los ojos de la chica, pero su sonrisa permaneció inalterable. Estaba claro que, por su trabajo, estaba acostumbrada a encajar proposiciones mucho más indecentes que esa. No obstante, James fingió preocuparse por aclarar cualquier tipo de malentendido que pudiera haberse desprendido de sus palabras.

—Estoy hablando, por supuesto, de baile, señorita Baines. Nada más —dijo con la sonrisa más amable que pudo componer—. Mi socio me ha hablado maravillas de sus números, pero me gustaría comprobar, con mis propios ojos, de lo que es usted capaz. La señorita Williams nos acompañará, como no podría ser de otra forma.

La mirada de la chica se relajó.

—¡Por supuesto! Aunque debo advertirle que no vengo preparada para la ocasión.

—Seguro que lo hará muy bien —dijo James levantándose de la mesa y señalando con la mano los ascensores del otro lado del vestíbulo.

Mientras Sophie y Lilian entraban en el elevador, James echó una última mirada para comprobar que nadie los observaba.

—A la planta diez —le dijo al ascensorista.

Lilian entró en la habitación y se quitó el abrigo. James cerró la puerta y echó el pestillo.

—Será mejor que se siente. Sophie, ¿por qué no le traes un vaso de agua?

Lilian lo miró con desconfianza, pero sin dejar de sonreír.

—Verá, debo confesarle que no soy el dueño de ningún club.

La sonrisa de la chica se fue transformando poco a poco en una expresión de temor.

—Soy policía. Estoy investigando a su jefe, o su exjefe, como prefiera.

James pudo apreciar como la sorpresa y la aprensión se adueñaban del rostro de la bailarina.

—¿Sabes dónde está Rose Cherami? —intervino Sophie, sentándose junto a ella.

—¿Melba? Hace… hace días que no la veo.

—¿Sabes qué ha podido pasarle?

—No…, no sé nada.

—Ha desaparecido —dijo Sophie—. No somos capaces de localizarla. Por favor, cualquier cosa que pudieses decirnos sobre ella nos sería de gran ayuda.

James miró a la chica sentada al borde de la cama. Su cara era la viva imagen del miedo y la indecisión. Su olfato de sabueso le decía que estaba a punto de caramelo. Si insistía lo suficiente y presionaba las teclas adecuadas, acabaría hablando.

—Estás en una habitación cerrada. Nadie además de nosotros va a oír lo que tengas que contarnos. Y te prometo que no saldrá de aquí.

Lilian no contestó. Sus ojos comenzaron a humedecerse.

—¿De qué tienes miedo? —preguntó James.

—¿Que de qué tengo miedo? —dijo ella con un hilo de voz—. ¿De verdad me lo pregunta?

—Sí.

—No hace ni una semana que asesinaron al presidente.

—¿Y tiene algo que ver la desaparición de Melba con el atentado?

Una expresión de terror se dibujó en el rostro de la chica.

—No… Yo no he dicho eso…

—Es hora de que nos cuentes todo lo que sabes, encanto. De lo contrario, te acusaré de obstrucción a la justicia.

La chica lo miró completamente abatida. James observó de reojo a Sophie. Ella aborrecía a la Policía y sus métodos, pero en su expresión no había ni rastro de censura. Él sabía que lo único que le importaba en aquel momento era encontrar a su amiga.

—¿Sabes dónde está Melba?

—Le juro que no.

—¿Cuándo fue la última vez que la viste?

Lilian tomó aire.

—Hará unos doce días. Fue en el Carousel, antes del primer pase. La vi discutir con Jack entre bastidores.

—¿De qué hablaban?

—No pude enterarme bien, pero parecía asustada. Él trataba de tranquilizarla, a su manera.

—¿A su manera?

—Jack era así. En el fondo nos quería, sobre todo a Melba. Últimamente, estaba obsesionado con ella, no entiendo muy bien por qué. La llevaba a cenar, le presentaba a sus amigos… Pero, de vez en cuando, discutían. Jack tenía esos arrebatos de ira que era mejor no presenciar… Lo cierto es que no vi a Melba las dos noches siguientes, así que pensé que Jack la había apartado temporalmente del espectáculo como una especie de castigo. Al día siguiente, le pregunté directamente a uno de los hombres de Jack dónde se encontraba Melba y me dijo no era asunto mío y que mantuviese la boca cerrada si no quería tener problemas, así que traté de olvidarme del asunto.

—¿Y no te sorprendió tanta agresividad?

—¿Qué quiere decir? —preguntó la chica, extrañada—. ¿Cómo cree que se las gasta ese tipo de gente?

—¿Qué gente?

Lilian le lanzó una mirada cargada de perplejidad.

—¿De verdad me lo está preguntando? ¿Qué clase de policía es usted?

James la miró fijamente.

—¿A qué te refieres?

—Jack trabaja para la mafia. Todo el mundo lo sabe. Solo en los últimos diez años lo han detenido unas siete veces, pero siempre vuelven a dejarlo en libertad.

James se quedó helado. ¿Había sido la mafia el brazo ejecutor del asesinato de Oswald? ¿Cómo demonios había podido uno de sus hombres colarse en la comisaría y atentar contra un detenido rodeado de policías? Ruby había tenido que recibir ayuda desde dentro, ya no cabía ninguna duda. Que un delincuente local y bien conocido por la Policía de Dallas pudiese pasearse por las dependencias de la Jefatura de Policía sin ser identificado resultaba completamente inverosímil. Estaba claro que Los Ángeles no era la única ciudad del país en la que, en algún momento de su historia reciente, la mafia había conseguido extender sus tentáculos hasta el corazón de las fuerzas del orden. Y Dallas no parecía ser la excepción.

Sophie se levantó de la cama y se dirigió hacia la ventana, en silencio. James sabía que, tras la mención a la mafia, las esperanzas de volver a ver a su amiga se desvanecían poco a poco en su interior.

—¿Qué ocurrió después? —preguntó, mientras trataba de poner sus pensamientos en orden.

—Un par de días más tarde, se produjo el atentado contra el presidente. Esa noche nos llamó el encargado y nos dijo que el *show* se cancelaba y que no volviésemos por el Carousel hasta nuevo aviso. El domingo vi las imágenes de Jack disparando al asesino del presidente y pensé que aquella vez había ido demasiado lejos. Nunca lo había visto empuñar un arma por sí mismo. Suponía que tenía hombres que se encargaban de ese tipo de trabajos.

La mente de James seguía trabajando a toda velocidad ¿Estaba involucrada la mafia de Dallas de algún modo en el asesinato del presidente? ¿Habrían mandado matar a Oswald para evitar que pudiese implicarlos?

—Lee Oswald.

La chica alzó la vista, alarmada.

—¿Alguna vez lo viste en el Carousel?

Ella lo miró, suplicante.

—Recuerda que estamos hablando del asesinato del presidente —dijo James, despacio, temeroso de sus propias palabras—. Puedes contestarme aquí o en la comisaría.

La chica bajó la mirada y James pudo distinguir un par de lágrimas resbalando por su mejilla.

—Sí. Una noche..., estaba con Jack.

Así que el hombre que Dean había visto en las noticias afirmando haber reconocido a Oswald en el local de Ruby tenía razón. Las piezas comenzaban a encajar. James recordó cómo, al ver el cadáver de Rupert Dickinson destrozado por la metralla detrás del mostrador de la armería, había acudido a su mente el *modus operandi* de la mafia. Pero ¿qué interés podía tener el hampa en acabar con el presidente Kennedy? James recordó que su hermano Robert, el fiscal general, había intensificado en los últimos meses la ofensiva contra las principales familias mafiosas en su cruzada contra el crimen organizado, a pesar de los rumores que afirmaban que eran precisamente algunos de sus líderes quienes habían aupado a John Fitzgerald Kennedy en su carrera hacia la presidencia. Así que podía tratarse de algún tipo de *vendetta*.

La teoría iba tomando forma. La organización había sido partícipe del asesinato del presidente y había decidido eliminar cualquier posible pista, lo cual incluía quitar a Oswald del medio con la colaboración de algún miembro de la Policía de Dallas. Él o los infiltrados habrían dado la voz de aviso tras haber contactado James con la Central para obtener información sobre Oswald. La mafia de Dallas se habría puesto en contacto entonces con alguna familia de Los Ángeles para encargarles que acabasen con él.

No obstante, aún quedaban varios flecos. James desconocía qué papel jugaba el FBI en todo aquello, o si el hombre con el que se había topado en Las Cruces iba por libre, o si realmente era quien decía ser, algo que no había llegado siquiera a plantearse; tampoco si Oswald había disparado realmente desde el depósito de libros, siendo capaz de acertar a la cabeza del presidente a través de los árboles, o con qué modelo de rifle había efectuado el disparo.

—¿Sabes de qué hablaron Oswald y Ruby aquella noche?

—Claro que no —respondió Lilian.

James desvió la vista hacia la ventana y vio que Sophie lo estaba mirando. Su cara era la viva imagen de la desolación.

—¿Puedo irme ya? —preguntó la bailarina mientras se secaba las lágrimas de los ojos.

—Solo una pregunta más. ¿De verdad no hay nada que puedas decirnos sobre Melba para ayudarnos a encontrarla?

—No... Melba y yo solo éramos compañeras de trabajo. Apenas sé nada de su vida.

—¿Y tienes el teléfono de alguna otra bailarina del club que pudiese saber algo?

—Lo siento, pero eso tendrá que preguntarlo en el Carousel.

James miró de nuevo a Sophie, que seguía de pie junto a la ventana, de espaldas a ellos.

—Muchas gracias por su colaboración, señorita Baines. La acompaño abajo.

James abrió la puerta y se dirigió con la chica a la planta baja del hotel. Nada más abrirse el ascensor, Lilian Baines echó a andar a toda prisa hacia las puertas giratorias, sin siquiera despedirse. James se quedó de pie en mitad del vestíbulo. Miró a su alrededor para comprobar si alguien, en algún lugar del recibidor, lo observaba con un gesto distinto al de la mera curiosidad, y volvió al ascensor. Cuando regresó a la habitación, Sophie se encontraba sentada junto a la ventana, fumando.

—Menos mal que no ha pedido ver tu placa —dijo con voz ausente, sin apartar la vista del cristal.

—La pobre estaba demasiado asustada. Pero creo que ha dicho la verdad. Nos ha contado todo cuanto sabía.

Sophie no respondió. Durante unos segundos, el silencio se adueñó de la habitación. James observó la silueta de la chica fumando frente a su reflejo, con las piernas cruzadas y la mano sosteniendo el cigarrillo con gracia frente a su rostro afligido, y le pareció tremendamente atractiva.

—Formamos un buen equipo —dijo.

—El equipo se ha roto. Me vuelvo a Los Ángeles.

—¿Qué? ¿Ahora?

—Esto ha terminado para mí. Nunca volveré a ver a Melba.

—Escucha, podemos volver al Carousel para conseguir el contacto de alguna otra chica o…

—No. Imagino que tu intención será quedarte aquí unos días y seguir escarbando. Admiro tu determinación, sabueso, pero mañana yo cogeré el primer tren de vuelta a Los Ángeles —dijo mientras se daba la vuelta y le clavaba la mirada—. Y tú pagarás el billete y no intentarás detenerme. Ese era el trato.

James la miró, afligido.

—Por supuesto.

XV

Al día siguiente, James se levantó temprano y bajó a recepción para preguntar por los horarios de los trenes a Los Ángeles. Había pasado casi toda la noche en vela, tumbado boca arriba en su lado de la cama, envuelto por una oscuridad apenas atenuada por los exiguos reflejos de las luces del exterior. La idea de permanecer en Dallas y exponerse a los métodos y maneras de la mafia en su propio territorio lo angustiaba. Además, había perdido el único hilo del que tirar y no tenía ni idea de cómo seguir indagando, ni si merecía la pena hacerlo. Quizá era hora de telefonear al capitán Miller e informarlo de todo lo que había averiguado respecto al caso Dickinson y sus vínculos con el asesinato del presidente. Lo que luego este y el enjambre de burócratas por encima de él decidiesen hacer con aquella información sería asunto suyo. ¿Cómo reaccionarían sus superiores al saber que la Policía de Dallas estaba implicada en el asesinato de Oswald? ¿Elevarían la información a instancias superiores o escurrirían el bulto alegando que el atentado contra el presidente no entraba dentro de sus competencias? Pese a que sus pesquisas apuntaban a la mafia como principal artífice del magnicidio, James seguía creyendo que existía una especie de silencio institucional pactado con respecto al asesinato del presidente. ¿Por qué, si no, los medios habían decidido omitir los vínculos de Ruby con el hampa cuando se trataba de una información que prácticamente era de dominio público en la ciudad? ¿Por qué nadie había puesto el foco sobre la Policía de Dallas, ni siquiera para señalar su irresponsable negligencia? Y luego estaba Sophie. La idea de perderla lo apenaba mucho más de lo que habría imaginado. Echaría de menos su compañía, el sonido de su respiración en mitad de la noche, la lucidez de sus observaciones y sus mordaces comentarios.

Mientras desayunaban, James consiguió convencerla de que esperase hasta después de comer para abandonar la ciudad. La perspectiva de volver a casa había hecho que la chica se levantase de mejor humor aquella mañana, así que accedió a coger el tren de primera hora de la tarde sin apenas oposición.

—Supongo que debo darte las gracias por la ropa —dijo en alusión al conjunto que habían comprado para la entrevista con Lilian—. Y por correr con todos los gastos del viaje.

—La verdad es que esa falda estaba hecha para ti. En cuanto a la gasolina, las comidas, los hoteles..., lo cierto es que le he metido un buen bocado a mi cartera. No creo que pueda permitirme muchas noches más en este hotel, y más teniendo en cuenta que, a estas alturas, puede que ya me hayan suspendido de empleo.

Ella esbozó una leve sonrisa.

—Espero que sepas lo que haces.

—Yo también.

Salieron de la cafetería y decidieron dar un paseo por el centro hasta la hora de comer.

—Escucha... Hay una parte de nuestro trato que me gustaría no tener que cumplir —dijo James mientras caminaban, sin despegar la vista del suelo.

Sophie se detuvo y lo miró, expectante.

—La de no volver a verte nunca más —musitó mientras alzaba la vista y se encontraba con los ojos de la chica.

Ella guardó silencio durante unos instantes antes de responder.

—Sí... —dijo sosteniéndole la mirada—. Puede que nunca más sea demasiado tiempo.

James se quedó observándola, sin saber muy bien qué decir a continuación. Había esperado una respuesta sarcástica por su parte, pero, pese a todo lo que le había hecho pasar, la chica parecía estar dispuesta a no romper de forma definitiva los lazos que se habían formado entre ellos durante aquel viaje.

—Disculpe, amigo, ¿tiene fuego?

James giró la vista y vio a un hombre delgado, con traje granate y sombrero negro, acercarse hacia él con un cigarrillo sin encender en los labios. Tenía la cara alargada y la nariz enorme y una pequeña cicatriz en la parte izquierda de la barbilla. El hombre dirigió una mirada fugaz por encima del hombro de James y este se volvió de inmediato. La abultada silueta de un hombre con abrigo gris asomaba justo detrás de Sophie. Antes de que pudiese reaccionar, el hombre sacó un cuchillo y se lo puso a la chica en el costado, al tiempo que una mano enorme le amordazaba la boca.

—Un solo movimiento y tu amiga no volverá a ver la luz del día —dijo el hombre de la cicatriz mientras le mostraba el cañón de un revólver por debajo de su abrigo—. Sube a la furgoneta y nada de hacerte el héroe.

James pudo ver como un tercer hombre se bajaba del asiento del conductor de un furgón blanco, que se encontraba aparcado junto a la acera, y abría las puertas del compartimento trasero del vehículo. El hombre corpulento subió a la cabina, arrastrando a Sophie hacia el interior.

—Adentro —dijo el del traje granate, mientras miraba a su alrededor de forma nerviosa.

James subió a la furgoneta y se sentó frente al hombre del cuchillo, quien seguía sujetando a Sophie, aprisionándole la boca. Los ojos de la chica estaban desencajados de terror. James sintió cómo la furia y la desesperación iban creciendo en su interior, pero se obligó a sí mismo a no realizar ningún movimiento en falso. La vida de Sophie estaba en riesgo.

Los otros dos hombres subieron de un salto al interior de la furgoneta y cerraron las puertas. El corpulento se levantó y obligó a Sophie a darse la vuelta mientras el conductor la amordazaba y le ataba las manos a la espalda. Acto seguido, repitieron la misma operación con James.

—En marcha —dijo el que parecía ser el jefe, y se sentó al lado de James mientras acariciaba el percutor de su revólver con el pulgar.

El tercer hombre bajó del vehículo y se dirigió al asiento del piloto.

Sus peores miedos se habían confirmado. Se encontraban maniatados en el interior de una furgoneta, con rumbo desconocido y un destino nada esperanzador. Todo apuntaba a que habían caído en manos de algún tipo de organización, pero esta vez no parecía tratarse del FBI. Por su aspecto y sus métodos, James apostaba por la mafia. Su visita al Carousel habría disparado la voz de alarma y probablemente hubiesen estado siguiendo sus pasos desde entonces. La entrevista con Lilian Baines podía haber sido el detonante que los habría empujado a actuar. O tal vez fuese la propia Lilian quien había corrido a alertarlos. En cualquier caso, la supuesta secuencia de los acontecimientos resultaba irrelevante en aquellas circunstancias.

A medida que la furgoneta avanzaba traqueteante por las calles de Dallas, James iba tomando consciencia de sus escasas posibilidades. Intentó establecer contacto visual con Sophie. La chica se encontraba menos tensa sin el filo del cuchillo presionándole el costado, pero su mirada era un torrente de emociones. Cuando esta se encontró con la de James, sus ojos lo miraron asustados, acusadores y suplicantes.

Transcurrieron unos veinte minutos hasta que la furgoneta se detuvo por completo y dejaron de sentir el ruido del motor. James pudo oír como el conductor bajaba del vehículo y se dirigía a la parte trasera del mismo. Las puertas se abrieron y la luz de media mañana irrumpió en la cabina. Los hombres los hicieron ponerse en pie y los empujaron hacia el exterior.

Se encontraban junto a la entrada de una especie de almacén, en lo que parecían ser las afueras de la ciudad. El hombre del traje granate sacó unas llaves del bolsillo y abrió el candado que aseguraba la puerta de metal del edificio. A continuación, pasaron al interior y alguien accionó un interruptor. Los bulbos de dos lámparas, que colgaban de largos cables del techo, parpadearon unos instantes con un zumbido eléctrico antes de iluminar el recinto. La mitad del almacén más alejada de la puerta estaba llena de cajas apiladas. Junto a ellas, podían distinguirse neumáticos, parachoques y otras piezas de recambio. Los montones de la parte derecha se hallaban cubiertos por lonas.

—Cacheadlos.

El hombre corpulento condujo a James hasta la pared izquierda del almacén, mientras el conductor de la furgoneta hacía lo propio con Sophie. Les separaron las piernas y comenzaron a palparles los muslos, la cintura y las axilas. James sintió cómo le introducían la mano en el interior de la chaqueta y le extraían la pistola, la cartera y la placa. Esta última se resbaló de entre los dedos de su captor y cayó al suelo. El hombre se agachó para recogerla, pero se detuvo con la mano extendida, permaneciendo así varios segundos antes de decidirse a tomarla entre sus enormes dedos.

—Joe, mira. Es policía…

James se volvió y pudo ver como el hombre del traje granate miraba a su subordinado con gesto de extrañeza. Con paso rápido, se dirigió hacia donde se encontraban y le arrancó la placa de las manos. James pudo distinguir una sombra de titubeo en sus ojos mientras observaba la insignia. Tras unos instantes de vacilación, el hombre dijo:

—Es un sabueso de Los Ángeles. Eso no nos incumbe.

—Pero, Joe, quizá deberíamos consultarlo…

—¡Silencio! No tenemos nada que consultar. Tenemos un encargo muy claro y vamos a llevarlo a cabo sin cuestionar nuestras órdenes.

Al oír aquello, Sophie soltó un gemido, ahogado por la venda que le aprisionaba la boca. Presa del pánico, echó a correr hacia el otro lado del almacén, inclinada hacia delante a causa de las ataduras que le inmovilizaban las manos tras la espalda. James pudo ver como el hombre del traje granate sacaba su revólver y apuntaba hacia la chica, y se abalanzó de cabeza contra él, pero el hombre corpulento lo interceptó antes de que pudiese alcanzarlo y lo arrojó al suelo. El disparo resonó con estrépito entre las paredes del recinto. Desde el suelo, James pudo ver como Sophie se desplomaba frente a las cajas del otro lado del almacén. Quiso gritar, pero la mordaza le impidió proferir algo más que un quejido.

—Ahora es tu turno, amigo. Nadie te mandaba venir a Dallas a meter las narices donde no debías.

En ese momento, se escucharon dos estampidos en el exterior. Los tres hombres se volvieron hacia la entrada, apuntando con sus armas a la puerta.

—¡FBI! ¡Dejen las armas y salgan con las manos en alto!

El conductor de la furgoneta miró a su jefe, desconcertado.

—¿Pero qué…?

—¿El FBI? —balbuceó el hombre corpulento, con el miedo dibujado en el rostro.

—¡Cerrad la boca!

En el silencio que sobrevino, James pudo escuchar un leve gemido al otro lado del almacén. Miró hacia allí y pudo ver como los pies de chica se movían ligeramente. Sophie seguía viva.

—Joe…, ¿qué hacemos?

—Dudo que se trate realmente del FBI… —contestó con una sonrisa nerviosa en los labios.

En ese momento, la puerta se abrió de golpe. El conductor de la furgoneta abrió fuego y se escuchó el sonido metálico de las balas al impactar contra la puerta. Un disparo lo alcanzó en el cuello y se desplomó contra el suelo. Los otros dos hombres echaron a correr hacia el extremo del almacén. Pasaron junto a Sophie y se perdieron tras el montón de cajas, al tiempo que se escuchaba el sonido de otra puerta abrirse y cerrarse con estrépito. James logró ponerse de rodillas y observó atónito como al humeante cañón de la Smith and Wesson del 38 que asomaba por la puerta del almacén le sucedía la figura ataviada con abrigo azul y sombrero gris del agente de Las Cruces.

XVI

Las gotas de lluvia se deslizaban serpenteando por el cristal empañado de la habitación. James se encontraba de pie junto a la cama de Sophie, observando su rostro dormido y sereno. Pese al torniquete que había improvisado con su chaqueta alrededor de la cintura de la chica y la celeridad con la que el hombre de Las Cruces los había conducido al hospital, la joven había perdido mucha sangre, lo que la había hecho desmayarse minutos antes de ser atendida. No obstante, podía considerarse afortunada. La bala le había alcanzado el costado derecho justo por debajo del hígado, sin dañar ningún órgano vital. Los médicos habían tenido que intervenirla de urgencia para extraer el proyectil, pero habían asegurado que se recuperaría. Pese a ello, James no podía mitigar el intenso sentimiento de culpa que lo invadía. Aquel había sido el último y funesto episodio de toda la serie de angustias y sobresaltos a los que había sometido a aquella chica en su imprudente búsqueda de respuestas. A pesar de todas las dudas que lo habían asaltado a cada paso que había decidido dar en su cruzada por encontrar la verdad —como el de ignorar el consejo del hombre que acababa de salvarles la vida—, no había vacilado ni un instante en embarcar a aquella joven en una peligrosa empresa cuyos riesgos y contratiempos le correspondía únicamente a él afrontar. Después de todo aquello y una vez se recuperase, dudaba mucho que Sophie albergarse la mínima intención de volver a verlo.

James abrió la puerta de la habitación y salió al pasillo del hospital de Parkland. La caprichosa sucesión de acontecimientos había vuelto a entrecruzar su camino con el último itinerario de John Fitzgerald Kennedy. Aquel había sido el lugar a donde habían conducido al presidente tras haber sido herido de muerte, al igual que a Oswald. Según le había indicado el agente de Las Cruces mientras los llevaba hacia allí, aquel era el hospital más cercano al almacén donde Sophie y él habían estado a punto de perder la vida.

—¿Cómo se encuentra? —preguntó desde el lugar del pasillo donde había estado esperando a James, con las manos en los bolsillos y la espalda apoyada contra la pared.

—Aún sigue inconsciente.

—Se pondrá bien. Ha tenido suerte.

—¿Suerte? —masculló James, dando rienda suelta a su frustración—. Le han metido una maldita bala en la espalda. Una pulgada más y le habría atravesado el hígado.

El hombre lo miró muy serio, pero sin perder la compostura.

—Le dije que se diese la vuelta y usted decidió no hacerme caso. Estas son las consecuencias.

James hundió el rostro entre sus manos y se frotó la frente con las yemas de los dedos.

—¿Quién demonios era esa gente? ¿Por qué nos querían muertos?

El hombre lo miró fijamente durante unos instantes antes de responder.

—Lo primero que tiene que entender es que no voy a poder compartir con usted toda la información que poseo, al menos de momento. Comprendo que esté afectado, pero ¿seguro que quiere gastar sus preguntas en que le responda a lo que ya sabe o, al menos, sospecha?

James miró hacia el suelo y se obligó a sí mismo a pensar.

—¿Dónde está Melba?

El hombre frunció el entrecejo.

—¿Melba?

—Rose Cherami.

El hombre asintió con la cabeza. James pensó que, esta vez, sí había acertado con la pregunta.

—Aquí no —dijo mirando a un lado y a otro del pasillo—. Vayamos a un sitio menos público.

—¿A dónde?

—Tengo entendido que tiene usted una habitación en un bonito hotel del centro de la ciudad —dijo mientras se ponía el sombrero.

James miró hacia la puerta de la habitación de Sophie.

—No pienso dejarla sola.

—No le pasará nada.

—¿Cómo lo sabe? —preguntó James, alterado—. ¿Cómo puede asegurar que uno de esos tipos no aparecerá por aquí y le pegará un tiro?

—¿Por qué no baja la voz? Puedo asegurarle que esos hombres no van a volver a molestarla.

—¿Por qué no hablamos en la habitación? —dijo señalando la puerta del cuarto de Sophie—. Nadie puede oírnos ahí dentro.

—No —respondió el hombre—. Las enfermeras pueden entrar en cualquier momento. Incluso ella podría oírnos. No sabemos en qué nivel de inconsciencia se encuentra. Una parte de su subconsciente podría escuchar nuestra conversación y retenerla.

—¿Qué? —replicó James, incrédulo.

—Hay estudios que demuestran que las personas en estado infraconsciente son capaces de entender y reaccionar a las palabras que escuchan. E imagino que, llegados a este punto, estará de acuerdo conmigo en que cuanto menos sepa la chica, mucho mejor para ella. Ya la ha expuesto usted demasiado.

James se quedó mirando hacia la puerta, sin saber qué responder.

—Solos usted y yo —dijo el agente—. En su habitación de hotel.

—¿Cómo sabe que no han colocado micrófonos en ella?

El hombre sonrió.

—Créame si le digo que sé comprobar si una habitación ha sido microfoneada.

James soltó un suspiro. No le quedaba más remedio que fiarse del hombre que les había salvado la vida.

—Vamos —dijo este dirigiéndose hacia las escaleras del hospital—. Podré responderle a algunas preguntas de camino al hotel.

James trataba de poner en orden sus pensamientos mientras avanzaban hacia el sureste de la ciudad.

—¿Cómo nos encontró? ¿Nos ha estado siguiendo?

—Sí y no —contestó el hombre sin desviar la vista de la carretera.

—¿Sería mucho pedir que no fuera tan críptico?

—Dallas era la siguiente parada en mi viaje, al margen de lo que hicieran ustedes dos. En cualquier caso, sospechaba que desatendería mi consejo y continuaría hasta aquí, así que decidí comprobarlo. Cuando me enteré de que se habían visto con una de las chicas de Ruby, supuse que tendrían problemas y decidí seguirlos. Tal como esperaba, descubrí que no era el único que los vigilaba.

—¿Y Las Cruces?

—¿Qué pasa con Las Cruces?

—¿Cómo consiguió localizarnos allí?

El hombre torció el gesto.

—De nuevo está usted haciendo las preguntas equivocadas, detective. ¿Qué pretende que le cuente? ¿Cuáles son mis métodos, mi *modus operandi*? Ah, por cierto, ahora que lo menciona…, le debo una disculpa por lo de Las Cruces. Apuntarlo con un arma no fue una buena tarjeta de presentación, aunque usted también había desenfundado la suya. A pesar de que sabía quién era, cualquier precaución es poca en estas circunstancias. Supongo que se hará cargo, y más a estas alturas.

El coche pasó por debajo del puente del ferrocarril y la plaza Dealey se reveló ante ellos, con su amplia extensión de césped, a uno y otro lado de la calle principal, y el majestuoso edificio del antiguo palacio de justicia de Dallas, con sus torreones con tejado cónico, como los de un castillo medieval, alzándose al otro lado de la avenida Houston. Ambos guardaron un silencio solemne mientras atravesaban la plaza. James miró hacia el depósito de libros. Desde ese coche, en compañía de aquel hombre, tuvo la certeza de que todo aquello no podía tratarse de la obra de un solo tirador perturbado.

Nada más llegar a la habitación, el hombre se quitó los guantes y el sombrero y los dejó sobre la mesilla más próxima a la puerta. A continuación, sacó un pequeño estuche de cuero del bolsillo interior de su abrigo y lo dejó sobre la cama.

—Permítame.

Durante los siguientes quince minutos, el hombre se encargó de registrar la habitación a conciencia en busca de algún micrófono. Miró en el interior de los jarrones y palpó debajo de las butacas y la mesa redonda que se encontraban junto a la ventana. Se tumbó en el suelo para mirar bajo la cama y las mesitas de noche, y registró los cajones de estas. A continuación, sacó un pequeño destornillador y una navaja del estuche y desmontó el teléfono y los enchufes y apliques de la luz de todas las lámparas de la habitación y del baño, así como los paneles de las persianas. James observó el metódico proceso con cierta admiración profesional. Había lugares que jamás se le habría ocurrido que pudiesen ocultar un micrófono.

—Todo limpio —dijo el hombre—. Y ahora necesito que me enseñe las pruebas de su investigación.

—¿Qué?

—El cuaderno del que me habló en Las Cruces. Imagino que lo guarda en la caja fuerte.

Entonces James cayó en la cuenta. Ese era el principal motivo por el que aquel agente quería que fuesen al hotel. Podían haber charlado dentro del coche en cualquier lugar apartado, o mientras daban vueltas por la ciudad, pero él había insistido en ir al hotel. James se maldijo a sí mismo por no haberse dado cuenta antes.

—No pienso mostrarle las pistas de mi caso.

—Vamos, detective —dijo el hombre en tono conciliador—. Así funciona esto. Yo comparto información con usted y usted la comparte conmigo.

—Usted no me ha contado aún nada relevante.

—Adelante, pregunte.

James se atrevió a formular la pregunta que llevaba un tiempo barruntando.

—¿Qué quiere de mí el FBI? ¿Quitarme del medio?

El hombre lo miró con expresión grave.

—Probablemente.

James se sentía confuso.

—¿Y por qué no dejó que nos matasen en el almacén?

—Porque yo no soy el FBI. Pertenezco al *Bureau*, pero no soy el *Bureau*. No sé si me explico.

—Entonces, ¿qué es lo que busca?

—Lo mismo que usted. La verdad.

Un silencio tenso se adueñó de la habitación. James trató de no sentirse impresionado por la pausa dramática que había hecho el agente.

—¿Cómo llegó hasta mí? —preguntó, plenamente consciente de que solo había compartido los detalles de su investigación con una persona antes del encuentro con aquel agente en Las Cruces: su amigo Dean Sinclair.

—El jueves 21 por la tarde, tuve conocimiento, por favor no me pregunte cómo, de que una unidad de mi división estaba investigando a un tal James Debbler, detective de Homicidios de la Policía de Los Ángeles. La única información disponible sobre el sujeto era que había realizado una llamada aquella misma mañana a la Policía de Dallas para preguntar por un hombre que, supuestamente, habría realizado un pedido a una armería de Los Ángeles: Lee Harvey Oswald. Por supuesto, en un primer momento aquel nombre no significó nada para mí, pero me resultó curioso que saltase la voz de alarma simplemente porque un detective de Los Ángeles estuviese haciendo su trabajo. Al día siguiente, se produjo el atentado contra el presidente…

—Espere… —dijo James sintiendo cómo se le aceleraba el pulso—. ¿Ese fue el nombre que vio o escuchó? ¿Así, tal como lo ha dicho? ¿Lee Harvey Oswald? ¿El nombre completo?

—Sí.

James se dirigió a toda prisa hacia la caja fuerte y giró la rueda siguiendo la combinación que había elegido para la misma. A continuación, sacó el libro de pedidos y lo abrió por la página donde aparecía el nombre de Oswald.

—Yo no pronuncié ese nombre —dijo tendiéndole el cuaderno—. Es imposible que dijese el nombre completo, pues en el pedido figura como Lee H. Oswald. No supe que la hache era de Harvey hasta el día siguiente, cuando comenzaron a anunciarlo en los medios.

El agente se quedó mirando el libro que sostenía entre sus manos con una mezcla de asombro y fascinación, como si se tratase del bien más codiciado del planeta. James pensó que ahora que había conseguido su objetivo, jamás le devolvería el cuaderno, pero, transcurridos unos segundos, el hombre le tendió el libro de vuelta, en lo que James interpretó como un gesto de buena voluntad.

—Esto viene a confirmar mi hipótesis.

—Pero eso quiere decir… —dijo James clavando la vista en el agente— que el FBI conocía el nombre de Oswald antes del asesinato del presidente.

—Así es. Cuando se produjo el atentado y se reveló su nombre, comencé a sospechar. ¿Por qué si Oswald estaba fichado y teníamos indicios de que había adquirido un arma no se le había abierto una investigación directamente a él, en vez de apuntar al policía que lo había descubierto?

James sintió cómo las piernas le flaqueaban, y se dejó caer sobre la cama.

—La Policía de Dallas… Por fuerza tuvieron que participar en el asesinato de Oswald…, por acción o por omisión. Pero según está usted insinuando, días antes habrían permitido también que Oswald atentase contra el presidente…

El agente lo miró muy serio.

—Yo no insinúo nada, detective. Me limito a exponer los hechos. Según he podido confirmar durante estos días, varios agentes federales visitaron las dependencias de la Policía de Dallas el día del magnicidio y durante los días posteriores, lo cual tiene sentido, pero también los días previos al atentado.

James no terminaba de creérselo.

—Entonces…, ¿sabían que iba a producirse el homicidio y aun así no hicieron nada?

El hombre guardó silencio unos instantes antes de responder.

—Lo que sin duda podemos afirmar a ciencia cierta en estos momentos es que tanto el FBI como miembros de la Policía de Dallas sabían quién era Oswald y aun así decidieron no investigarlo cuando tuvieron conocimiento de que había encargado un rifle. Por el contrario, consideraron más oportuno actuar contra usted.

James sintió una punzante sensación de vértigo en el estómago.

—El coche frente a mi casa…, en Los Ángeles… ¿Fue el FBI?

—No lo sé.

Durante unos segundos, ninguno de los dos habló. James se esforzaba por asimilar todo lo que aquel hombre acababa de revelarle en aquel cuarto de hotel.

—Pero… es imposible —dijo finalmente—. ¿Una conspiración entre la mafia, la Policía de Dallas y el FBI para acabar con el presidente? ¿Cómo demonios puede organizarse semejante complot? Lo que usted sugiere…

—Por el amor de Dios, detective. No se trata de sugerencias o teorías conspiratorias. Somos dos sabuesos en una habitación haciendo lo que mejor sabemos: analizar los hechos, olfatear el rastro y hacer deducciones. Olvide por un momento que se trata del asesinato del presidente. Elimine la transcendencia y la repercusión política de la ecuación. Se trata de un crimen, de un asesinato, nada menos. Se supone que esa es su especialidad. Analice los hechos. No es realista, ni necesario, que toda la Policía de Dallas esté involucrada; solo personas clave, al igual que en el *Bureau*. Yo soy la prueba de ello. Probablemente, la persona de la comisaría que atendió su llamada no estaba en el ajo, o tal vez sí, eso es irrelevante. El caso es que la información llegó a oídos de uno de sus superiores y este informó a alguno de los agentes federales que estaban en comunicación con ellos. El FBI está metido en esto hasta las trancas, por mucho que me duela admitirlo. ¿Necesita más pruebas? Un grupo de detectives del Departamento de Policía de Dallas fueron los primeros en llegar al depósito de libros y registrar el edificio tras el asesinato del presidente. En la sexta planta descubrieron, oculto tras unas cajas, un rifle Mauser de calibre 7.65. El fiscal del distrito Henry Wade declaró, en una entrevista en televisión, que el arma era un Mauser. Horas después, el FBI corrigió a la Policía de Dallas y dijo que el rifle hallado en el depósito era un Mannlicher-Carcano de calibre 6.5.

James sintió cómo algo se encendía en el fondo de su mente.

—Siempre me resultó sospechoso que pudiesen confundirse al identificar el arma en un caso de tal trascendencia y que los medios pasasen de hablar de un modelo de rifle a otro sin ningún tipo de explicación…

—Ahí lo tiene —sentenció el hombre.

—¿Pero y dónde encaja la mafia en todo esto?

El agente hizo un gesto con la mano.

—La mafia es solo uno de los brazos ejecutores. Un proveedor de chivos expiatorios, como Ruby. Un cortafuegos más entre los que realizan el trabajo de campo y los cerebros que han concebido toda esta operación.

James lo miró, consternado.

—¿El FBI?

El agente bajó la mirada por primera vez en toda la conversación, al tiempo que negaba con la cabeza.

—No…, no lo sé aún. Todavía quedan preguntas por responder. No encuentro sentido a que el *Bureau* pudiera tomar una decisión así por sí mismo. Probablemente, se trate de algún estamento superior…

James sintió cómo le faltaba el aire.

—¿Quiere decir que el asesinato del presidente se orquestó desde las propias instituciones de Gobierno?

—Ahora mismo no me encuentro en disposición de asegurarlo.

Ni en sus suposiciones más pesimistas, James podría haber imaginado el calibre de aquella trama. En aquel momento, se sentía más impotente y vulnerable que nunca.

—¿Por qué ha decidido contarme todo esto? —preguntó, consciente de que aquella información era altamente sensible.

El hombre lo miró con un destello de fragilidad en sus intensos ojos azules.

—Porque necesito confiar en alguien. Estoy yendo contra la corriente oficial y contra el *Bureau*. Usted ha demostrado ser merecedor de dicha confianza. Nunca le hubiese contado todo esto si no hubiese llegado a la conclusión de que es usted de fiar.

—¿Y qué vamos a hacer ahora?

El hombre lo miró con semblante grave.

—Usted va a hacerme caso esta vez y va a regresar a Los Ángeles. Debe mantenerse al margen, detective, al menos por el momento. Ya ha visto de qué son capaces para ocultar la verdad. Si realmente le importa esa chica, esta vez será razonable, se quedará con ella en el hospital hasta que se recupere y luego se irán de vuelta a Los Ángeles.

—¿Cómo puede pretender que abandone ahora, sabiendo lo que sé?

—Porque necesito que lo haga. No puedo cuidar de usted mientras sigo investigando y no puedo permitirme perderlo. La confianza es un bien sumamente preciado en estos tiempos, detective. Le pido, por favor, que no traicione la mía.

El agente cogió el sombrero y los guantes de la mesilla, y se dirigió a la puerta.

—Espere… —dijo James—. Rose Cherami.

—Ah, sí. Debo admitirle que no sé nada de ella, más allá de que era una de las chicas del Carousel —dijo el agente en tono de disculpa—. Siento si en el hospital le di a entender que podía tener información sobre ella, pero, de lo contrario, quizá no hubiese accedido a hablar conmigo ni a acompañarme hasta aquí. ¿Por qué es relevante?

James estaba demasiado afectado para indignarse o fingir sentirse ofendido por la argucia del agente.

—Según he podido averiguar, era una de las bailarinas más cercanas a Ruby. Creo que podría poseer información clave sobre qué papel jugaba exactamente Ruby en la trama y sobre su relación con Oswald. Lleva desaparecida varios días.

—Interesante. Veré qué puedo averiguar —dijo poniéndose el sombrero—. Prometo informarlo de todo lo que descubra al respecto, y en particular sobre esa chica, ya que para usted parece importante. Y no se preocupe, no voy a preguntarle sobre ello, pero creo que, de algún modo, tiene que ver con la joven que lo acompaña.

Al oír referirse a Sophie, James lo miró amenazante. El hombre le sonrió.

—Vamos, detective. Nadie en su sano juicio lleva a una chica por pura diversión a una misión que intuye peligrosa. Y, de momento, su juicio se ha revelado más que capaz. Así que sospecho que ella es su principal fuente y que tiene algún tipo de relación con la desaparecida.

James guardó silencio mientras observaba al hombre enfundarse los guantes y apoyar la mano izquierda en el pomo de la puerta.

—Ah, me olvidaba —dijo sacando la cartera y dejando quinientos dólares sobre la mesilla de noche—. Esto es para ayudarlo a sufragar los gastos de los próximos días. Cuídese mucho, detective. Lo contactaré en cuanto sea posible.

—¿Y qué hago mientras tanto? —preguntó James mientras se incorporaba.

El agente sostuvo la puerta durante unos segundos antes de desaparecer tras ella.

—Manténgase con vida.

XVII

La Comisión Warren fue constituida el 29 de noviembre de 1963, siete días después del atentado contra el presidente, y, desde ese momento, el caso Kennedy entró en un estado de cuasi cuarentena para los medios de comunicación y, en consecuencia, para el conjunto de la opinión pública norteamericana. El grupo de expertos encargado de esclarecer las causas y circunstancias del asesinato, presidido por el reputado magistrado y presidente de la Corte Suprema de los Estados Unidos, Earl Warren, hizo públicas sus conclusiones a finales de septiembre de 1964. Pero, para entonces, James Debbler era una persona muy diferente.

Hacía ya nueve meses que había abandonado el cuerpo de Policía de Los Ángeles y seis que se había establecido como detective privado en un polvoriento despacho en Westlake. Las razones de su dimisión habían sido diversas. Por un lado, su confianza en las fuerzas del orden, en particular en el cuerpo de Policía, al que siempre se había sentido orgulloso de pertenecer, se había visto seriamente mermada después de lo vivido en sus propias carnes aquellos últimos días de noviembre de 1963. Pero no se trataba únicamente de un asunto de principios, o de la pérdida de credibilidad que para él había sufrido el conjunto de las instituciones; James buscaba huir de cualquier vigilancia o control por parte de los estamentos superiores del Departamento de Policía después de las relevantes e inquietantes averiguaciones que había realizado en el transcurso de su viaje a Dallas. Por ello, en las exiguas explicaciones que había empleado en su renuncia, había omitido cualquier alusión a aquel viaje y a la investigación paralela que había iniciado al margen del caso Rupert Dickinson.

Con la intención de evitar preguntas incisivas, James había justificado su ausencia durante los días posteriores al asesinato del presidente alegando una crisis personal derivada de distintas circunstancias familiares que lo habían obligado a dejar Los Ángeles sin previo aviso y que habían propiciado su decisión de abandonar el Cuerpo. Con su obcecada reticencia a proporcionar más detalles sobre los motivos exactos de su dimisión —ni siquiera a su superior más inmediato, el capitán Miller—, James buscaba no solo levantar un muro inexpugnable alrededor de las verdaderas causas de su ausencia, sino a su vez demostrar la suficiente poca profesionalidad como para que nadie pudiese siquiera pensar en hacerle cambiar de opinión.

Como no podía ser de otra manera y con el objeto de que el Departamento de Homicidios pudiese seguir investigando el asesinato de la armería de San Pedro, junto a la placa y el revólver, James había tenido que entregar también los libros que constituían las pruebas del caso. No obstante, había decidido arrancar, de forma limpia y sin dejar rastro, la página donde figuraba el nombre de Lee H. Oswald antes de hacer entrega en la Central del cuaderno de pedidos y del resto de libros de la armería.

Además del ámbito profesional, durante aquellos meses, su vida sentimental también había dado un giro radical. James había pasado por segunda vez en su vida de frecuentar los clubs de Long Beach a mantener una relación estable con una chica; en esta ocasión, con una con la que había forjado fuertes vínculos en circunstancias extremas. James todavía recordaba el rostro dormido de Sophie sobre la almohada del hospital de Parkland. Durante los tres días que había estado inconsciente, él había permanecido a su lado día y noche, luchando contra una sensación de culpabilidad que había terminado por imponerse. Durante sus largas horas de vigilia, James había estado debatiéndose entre el merecido derecho que tenía la joven a que la primera imagen que viese al despertarse no fuese el semblante del hombre cuya irresponsabilidad la había conducido a aquel estado y la obligación de protegerla ante el riesgo de que pudiesen volver a atentar contra su vida. Pero, después de mucho meditar, había llegado a la conclusión de que era precisamente su compañía la que aumentaba de forma exponencial el peligro al que la chica podía estar expuesta y que, por tanto, Sophie estaría más segura sin él. Por esa razón, el día en que la joven abrió los ojos y que los médicos confirmaron que su alta estaba próxima, James había abandonado el hospital dejando bajo la almohada de la chica el sobre con quinientos dólares del que le había hecho entrega aquel agente del FBI y una breve nota que rezaba: «Siento mucho todo lo que te he hecho pasar. Espero que algún día puedas perdonarme».

Durante los días siguientes a su vuelta a Los Ángeles, había pensado en ella mucho más de lo que él hubiese deseado. ¿Habría regresado a la ciudad o habría decidido empezar de cero en algún otro lugar? ¿Se encontraría a salvo? ¿Habría vuelto a sufrir algún tipo de contratiempo? A mediados de diciembre, James había contactado con un excompañero de Antivicio para que le confirmase si una prostituta llamada Sophie seguía trabajando en el club Island de Santa Ana y había descubierto, sorprendido y aliviado, que así era. Así que, finalmente, tras constatar que el peligro parecía haberse disipado, al menos de forma inminente, después de casi un mes sin sufrir ningún tipo de altercado o sobresalto, en las Navidades de 1963, James había decidido presentarse en el piso de Sophie con su mejor traje, un ramo de flores y un vinilo de Frank Sinatra bajo el brazo. La chica había recibido su ocurrencia con una risa franca y sincera y había aceptado su invitación de salir a cenar.

Durante los primeros meses de relación, a menudo hablaban de lo vivido en Dallas cuando se encontraban a solas. James lo consideraba una especie de terapia conjunta, un intento por parte de ambos de terminar de asimilar los sucesos únicos y extraordinarios que los habían unido y marcado, probablemente, para el resto de sus vidas. Hasta que un día, hacía ya unos meses, simplemente habían dejado de hacerlo.

Con la firme determinación de proteger a Sophie, James había obviado la intervención del agente del FBI en su rescate y la conversación posterior en el hotel. Para ella, era la Policía de Dallas quien los había localizado instantes después de que la hubiesen disparado y quien los había conducido al hospital a tiempo. James pensaba en aquel agente con frecuencia. Desde ese día, no había vuelto a tener noticias de él ni del estado de su investigación. En no pocas ocasiones había pensado en dar él mismo el primer paso y tratar de ponerse en contacto con aquel hombre, pero no conocía ningún detalle personal sobre este, pues él había puesto especial empeño en que así fuese. Ni un nombre ni una dirección ni ningún otro tipo de identificación. A menudo se preguntaba a dónde lo habrían conducido sus pasos y si seguiría vivo. En las horas muertas, se descubría a sí mismo rememorando la conversación que habían mantenido en el hotel, dándole vueltas a los distintos indicios y sus posibles implicaciones. ¿Realmente podía haber orquestado el FBI, junto a la Policía de Dallas, un plan para asesinar al presidente Kennedy? ¿De qué estamento superior había salido la orden? ¿Quiénes podían ser los cerebros de toda aquella operación y cuál era exactamente el móvil para querer eliminar al presidente? James sabía por la prensa que Kennedy se había granjeado poderosos enemigos en el Congreso, incluso entre las filas de su propio partido, a causa de distintas desavenencias con su gestión de la política exterior, económica y social, y en temas tan diversos como la guerra de Vietnam y los movimientos por los derechos civiles. ¿Pero eran esas razones suficientes para asesinar al presidente de los Estados Unidos? A James le costaba creerlo. En ocasiones, llegaba a pensar que aquel agente, lejos de haberle revelado información reservada en un ejercicio de confianza, se había limitado a dirigirlo, contándole una versión de los hechos que, por algún motivo, estaba interesado en transmitir. Pero ¿qué interés podía tener aquel hombre en acusar falsamente a su propia organización de participar en un atentado de aquella magnitud? ¿Sería una estrategia ideada por el propio FBI para confundirlo y tratar de evitar que siguiese investigando? James llegaba a encadenar tantas hipótesis y a sopesar tantas teorías, en cortos intervalos de tiempo, que había momentos en los que la cabeza le dolía a horrores, de forma que tenía que recurrir al alcohol o a algún plan con Sophie que realmente lo evadiese para poder cortar aquellos bucles recursivos. James sabía que las respuestas y conclusiones relevantes solían acudir a la mente cuando esta se encontraba tranquila y relajada, y era en esos momentos cuando la misma pregunta surgía en su cabeza una y otra vez: ¿qué papel había jugado Oswald en toda aquella trama? ¿Era un hombre de la mafia? ¿Un colaborador del FBI? ¿Un informante de la Policía de Dallas? ¿Había sido él quien realmente había abierto fuego desde el sexto piso del depósito de libros de la plaza Dealey? Pero, si en algún momento de ofuscación podía albergar ciertas dudas razonables de que tanto la participación de Oswald en el asesinato del presidente como todos los sucesos posteriores formaban parte de una conspiración, si no respaldada, al menos consentida por las altas esferas, aquel 27 de septiembre de 1964 esas dudas desaparecieron de un plumazo.

El periódico de aquella mañana publicaba las conclusiones a las que había llegado la Comisión Warren después de diez largos meses de investigación, y James pudo comprobar, con una mezcla de incredulidad, pesar e indignación, cómo aquel informe suponía, no ya para los pocos que, como él, pudiesen tener información privilegiada sobre los sucesos que acontecieron aquel noviembre de 1963, sino para cualquier ciudadano no fanatizado o anulado por el discurso del miedo, una auténtica burla a la inteligencia. La investigación de la Comisión concluía no solo que el único autor material e intelectual del asesinato había sido Lee Harvey Oswald, quien, según explicaban, había efectuado tres disparos con un Mannlicher-Carcano desde una ventana del sexto piso del depósito de libros de Dallas, alcanzando a Kennedy y a Connally con la misma bala, sino también que el asesinato de este, a manos de Jack Ruby, había sido llevado a cabo sin ningún tipo de apoyo por parte de la Policía de Dallas, con una única mención crítica a este cuerpo por haber permitido el traslado de Oswald a la cárcel del condado en medio de toda aquella marabunta de periodistas. El informe establecía, de forma clara y concisa, que Oswald había actuado solo, movido únicamente por sus motivaciones personales y sin apoyo de ninguna clase, que ni él ni Ruby se hallaban envueltos en ningún tipo de conspiración nacional o internacional para asesinar al presidente y que ningún agente del Gobierno había estado involucrado en los hechos de aquellos días. Por último, con vistas a evitar futuros incidentes similares al acontecido aquel fatídico viernes de noviembre de 1963, se recomendaba la actualización, por parte del Servicio Secreto, de los protocolos de protección del presidente durante sus desplazamientos. Con aquella tendenciosa resolución, la Comisión Warren daba carpetazo al caso Kennedy por la vía rápida, despachando, con insultante simplicidad, los principales interrogantes que aún orbitaban alrededor del magnicidio.

Además de su ilustre presidente, la Comisión estaba formada por figuras de alto prestigio político y judicial, como los congresistas Hale Boggs y Gerald Ford y el exdirector de la CIA, Allen Dulles. Dado el bagaje y la reputación de aquellos hombres, junto con los recursos a los que, con total seguridad, habían tenido acceso durante aquellos meses de supuesta investigación, James consideraba imposible que hubiesen podido errar de manera inocente en sus conclusiones. Aquel era un relato intencionado, que buscaba descargar de toda sospecha y responsabilidad a las distintas instituciones del país. Tal vez para el americano medio, bombardeado día tras días con el discurso de la amenaza comunista y traumatizado por el brutal asesinato de su presidente, aquel informe supusiese un alivio, una liberación tras meses de consternación y conjeturas. Pero para James suponía la confirmación escrita de que había existido, y seguía existiendo, una conspiración sobre la que el Gobierno estaba absolutamente decidido a ocultar la verdad.

James apuró el café y salió del local con semblante taciturno. Aquella noche había quedado a cenar con Sophie en un restaurante de Hollywood Boulevard. Hacía más de dos meses que no hablaban del asunto, pero, con la noticia de la Comisión Warren en todas las televisiones, radios y periódicos, James estaba convencido de que no podrían evitar el tema. En cualquier caso, aún le quedaban más de tres horas para recogerla. Tres horas que pasarían lentas en la soledad de su despacho. James aún se estaba estableciendo como detective privado y apenas tenía encargos. Aquel pequeño despacho en Westlake había sido lo mejor que había podido permitirse para comenzar. Le hubiese encantado pedirle consejo a su amigo Dean Sinclair y preguntarle cómo habían sido sus comienzos en el negocio, pero eso supondría incumplir la determinación que había tomado nada más volver a Los Ángeles. James sabía que no podía reencontrarse con Dean sin evitar que este, como era natural, lo bombardease a preguntas. Él había sido la única persona con la que había compartido sus sospechas e inquietudes al comienzo de la investigación. La última vez que habían hablado había sido desde una cabina de teléfono para pedirle que comprobase si alguien estaba vigilando su piso, en el que James había pasado la noche, y para informarlo de que iba a desaparecer durante un tiempo hasta que todo se aclarase. ¿Quién podría abstenerse de preguntar al reencontrarse con un viejo amigo después de semejante episodio? Al poco de volver de Dallas, James se había acercado al despacho de Dean para cerciorarse de que no le había ocurrido nada malo. Desde su coche, había podido comprobar que su amigo seguía vivo y, en apariencia, sano y salvo. Eso era lo único que importaba. Y aunque se moría de ganas de preguntarle si había sufrido algún altercado en su ausencia y asegurarse de que nadie lo había importunado con nada relacionado con el caso Kennedy, estaba decidido a no poner a su viejo amigo en peligro. Bastante había sufrido ya con Sophie.

Su nuevo lugar de trabajo se encontraba ubicado en el segundo piso de un edificio de oficinas, no muy lejos de McArthur Park, que albergaba las sedes postales de pequeños negocios que languidecían bajo el sol abrasador de Los Ángeles. Mientras se aproximaba por el pasillo enmoquetado hacia la entrada de su despacho, James pudo distinguir la esquina de un sobre marrón asomando por la boca del buzón de la puerta. Se inclinó para cogerlo, pero este se deslizó hacia el interior, haciendo un ruido sordo al caer sobre el suelo de su despacho. Fuese lo que fuese, pesaba más que una carta normal. James sacó las llaves y abrió la puerta. Sobre el suelo de su oficina descansaba un sobre marrón de tamaño folio con sus iniciales escritas a lápiz, sin sello ni remitente. James pudo sentir cómo se le aceleraba el pulso. Se agachó para cogerlo y pudo comprobar al tacto que contenía varios papeles en su interior. Cogió el abrecartas del cajón de su escritorio, rasgó el borde superior del sobre e inclinó este encima de la mesa de forma que los papeles comenzaron a asomar, revelando su contenido. James sintió cómo el corazón le latía con fuerza. La primera página era una hoja mecanografiada en la que podía leerse:

Imagino que ya habrá tenido ocasión de disfrutar del relato
mezcla de comedia y ciencia ficción que publica hoy la prensa.
Aquí le dejo una lectura mucho más provechosa.
SU AMIGO DE LAS CRUCES.

James abrió la ventana y se asomó al exterior. Aquel sobre no se encontraba en el buzón de su oficina media hora antes, cuando había salido del despacho para tomar café. Este no podía haber llegado por correo regular, ya que carecía de dirección y remitente, así que alguien tenía que haberlo dejado en su puerta durante el tiempo que había estado en la cafetería. ¿Habría sido el agente en persona o habría enviado a alguien? ¿Por qué había preferido no dejarse ver? ¿Se hallaría en algún tipo de aprieto? La nota hacía referencia a las conclusiones de la Comisión Warren, que habían salido a la luz aquella mañana, por lo que tenía que haberla escrito apenas unas horas antes; aunque también cabía la posibilidad de que lo hubiese hecho días atrás, contando con información privilegiada acerca de cuándo iban a publicarse los resultados de la Comisión. James no pudo ver a nadie desde la ventana, así que se sentó en su escritorio, dejó la primera página a un lado y comenzó a ojear los documentos que aquel hombre había decidido enviarle.

Se trataba de un dosier de más de diez folios, escritos a máquina, con información adicional sobre algunos de los puntos que habían comentado en aquella habitación de hotel hacía más de diez meses y que, pese al tiempo transcurrido, James recordaba con absoluta claridad. El primero de los textos hacía referencia a la identificación de la supuesta arma del crimen, que había sido hallada en el depósito de libros momentos después del atentado, incluyendo por primera vez nombres y apellidos. Según allí se indicaba, los detectives del Departamento de Policía de Dallas Will Fritz, Seymour Weitzman, Roger Craig, Eugene Boone y Luke Mooney habían sido los primeros en llegar al edificio tras el asesinato del presidente Kennedy. En la sexta planta, habían descubierto un rifle que identificaron como un Mauser 7.65. Como aquel hombre le había relatado hacía casi un año, el fiscal del distrito Henry M. Wade había dicho, en una entrevista en televisión, que el rifle hallado en el sexto piso del edificio era un Mauser. Posteriormente, el FBI había señalado que los agentes habían cometido un error. Conforme a lo declarado por el *Bureau*, el rifle que los detectives habían identificado erradamente como un Mauser era en realidad un Mannlicher-Carcano 6.5, un modelo de rifle italiano semiautomático utilizado en la Segunda Guerra Mundial. Según finalizaba la información, todos los detectives de la Policía de Dallas involucrados en el hallazgo habían reconocido haber identificado erróneamente el modelo del rifle, excepto Roger Craig.

James siguió avanzando. El siguiente texto que captó su atención explicaba cómo Oswald había sido interrogado durante un total de doce horas tras el asesinato del presidente sin presencia de un abogado y sin que se hubiese anotado ni una sola palabra de lo que había dicho. La Policía de Dallas, como cualquier otra Policía del país, tenía que haber sido plenamente consciente de que, sin una declaración firmada, nada de lo que Oswald hubiese dicho podría haber sido admitido en un tribunal. Pero, al parecer, aquel era el modo de proceder habitual cuando se trataba de Lee Harvey Oswald. En el siguiente párrafo, James pudo leer que, tras su detención en Nueva Orleans por una pelea originada mientras repartía propaganda procastrista por las calles de la ciudad, Oswald había solicitado ver al agente del FBI John Quigley, sin que hubiese trascendido ni una sola frase de lo que había hablado con este antes de ser puesto en libertad.

Por supuesto, ninguno de aquellos folios era un documento oficial. Se trataba de una recopilación de todas las averiguaciones que aquel agente había realizado durante aquellos meses y que había plasmado en letra mecanografiada para seguir manteniendo su anonimato. ¿Cómo habría sido capaz de obtener toda aquella información? ¿Habría conseguido hablar con alguno de los involucrados, como el detective Roger Craig? ¿Era esa una de las razones por las que se encontraba en Dallas aquella última semana de noviembre del pasado año? ¿Cuánto habría tenido que exponerse dentro de su agencia para realizar tales hallazgos?

James necesitaba tiempo para analizar con detenimiento toda aquella información, y ponerse a ello justo antes de su cena con Sophie no era posiblemente la mejor idea. Continuó hojeando las páginas hasta el final y pudo observar cómo el encabezado del último folio que cerraba el dosier lo constituía un nombre de mujer que tampoco había podido olvidar en todo aquel tiempo: Rose Cherami. James comenzó a leer el texto con toda su atención. Aquel agente había cumplido su promesa. El documento contenía información clave sobre el destino de la bailarina del Carousel. Al parecer, aquella noche tendría que volver a rescatar con Sophie los fantasmas del pasado.

XVIII

James la vio salir por la puerta del edificio, y sus miradas se cruzaron. Hacía ya cuatro meses que Sophie había dejado su apartamento a las afueras de la ciudad y se había mudado a vivir con él al nuevo piso que este había alquilado en Pico-Union. Desde su regreso a Los Ángeles y con el objeto de borrar sus huellas tras el incidente que había sufrido frente a su antigua vivienda, James había tenido como principal prioridad buscar un nuevo lugar donde vivir. Aquel apartamento no era gran cosa, pero la presencia de Sophie le aportaba la atmósfera de algo parecido a un hogar. James pudo ver como la chica se había puesto su mejor vestido para la ocasión y lamentó para sus adentros que la velada no fuese a terminar como él hubiese deseado.

—Hola —dijo la chica mientras subía al coche.

—Hola.

—¿Qué tal el día?

James no contestó y arrancó el motor.

—¿Qué ocurre?

—Tengo que hablar contigo —dijo dirigiéndole una mirada fugaz mientras maniobraba para incorporarse al tráfico.

—¿Sobre qué?

James soltó un suspiro.

—¿James?

—Sobre Dallas.

—Ah, sí… —contestó Sophie—. Ya he leído la prensa…

—Lo que voy a contarte no viene en la prensa.

Sophie lo miró extrañada.

—¿De qué se trata?

James volvió a mirarla de soslayo.

—De Melba.

La joven se removió en el asiento, inquieta. James no esperó a que preguntase.

—He descubierto lo que le pasó.

—Pero… ¿cómo…?

—Eso no importa. Lo que vas a escuchar no es fácil.

Sophie lo interrogó con la mirada.

—El 20 de noviembre del año pasado, dos días antes del atentado contra el presidente, un teniente de la Policía de Luisiana encontró a Melba en una cuneta de la autopista 190, a la altura de Eunice. Según le contó al agente, dos hombres blancos, con aspecto de italianos, la habían arrojado desde un vehículo en marcha. Tras registrarla en comisaría, el teniente la condujo al hospital Moosa de Eunice para que la examinasen y se determinó que tenía síndrome de abstinencia por consumo de drogas, por lo que la condujeron de vuelta a prisión, donde tuvieron que administrarle un calmante para tranquilizarla. Pero no fue suficiente. Al parecer Melba se puso violenta, llegando incluso a autolastimarse, y decidieron llevarla al hospital de Lafayette y de allí a la unidad de Psiquiatría del Hospital Estatal de Luisiana, en Jackson. Según el teniente de Policía que la recogió, Melba habría repetido en varias ocasiones que sabía que iban a atentar contra el presidente. Tras el magnicidio, este se puso en contacto con la Policía de Dallas para informarlos de lo que había oído, pero le respondieron que no estaban interesados. El 26 de noviembre, seis días después de su primer ingreso, Melba fue dada de alta y entregada de nuevo a la Policía estatal.

Sophie lo miró fijamente.

—¿Cómo sabes tú todo eso?

—Como te acabo de decir, eso no es relevante. Lo importante es que tenías derecho a saber lo que le pasó a tu amiga.

La joven guardó silencio durante unos instantes antes de preguntar:

—¿Y dónde se encuentra ahora?

—No lo sé.

—¿No lo sabes? ¿Sabes todo lo que le pasó hace casi un año y no sabes dónde se encuentra ahora?

—No. Te he contado todo lo que sé.

—James, quiero que me expliques ahora mismo cómo has averiguado todo eso.

—¿Por qué es tan importante? —preguntó este, molesto.

—Porque no me gustaría descubrir que, durante estos meses, has seguido hurgando en lo de Dallas por tu cuenta.

James desvió la mirada de la carretera unos instantes para poder mirarla a los ojos.

—Te prometo que no he seguido investigando.

—Entonces, ¿de dónde has sacado toda esa información?

James devolvió la vista al asfalto. Había llegado el momento de volver a hablarle a Sophie de aquel hombre. Aunque solo lo estrictamente necesario.

—¿Recuerdas aquel agente con el que te dije que me había topado en Las Cruces? Ha seguido investigando los hechos que ocurrieron esos días, lo cual incluye el entorno de Oswald y de Ruby, y ha tenido a bien mandarme sus progresos.

—¿Con qué objetivo?

—No lo sé.

—¿Que retomes tu investigación?

—No me lo ha pedido.

—Para el coche.

—¿Qué?

—Que pares el coche. Ahora.

James se apartó de la carretera y aparcó el vehículo montándose sobre el bordillo de la acera. Sophie se giró en su asiento hasta quedar completamente frente a él.

—James, quiero que me mires a los ojos y me prometas que no vas a volver a escarbar en el caso Kennedy ni a hacer nada que pueda ponernos de nuevo en peligro.

James miró hacia abajo y luego alzó la vista, despacio. Sus ojos se encontraron con los de Sophie y le sostuvo la mirada unos instantes.

—Lo prometo.

—Bien. Ahora llévame a casa.

—Tenemos una reserva…

—He perdido el apetito.

James metió primera, miró por el retrovisor y giró para dar la vuelta.

—Es una lástima, me habían dicho que la comida es deliciosa.

Sophie no dijo nada. Su mente parecía estar muy lejos de allí.

—Esos italianos…

—Sí —respondió James—. Yo también lo he pensado. Seguramente fuesen los hombres de Rudy. Melba debió enterarse de información comprometida sobre Oswald o sobre el plan para asesinar a Kennedy. Es posible que la discusión con Rudy de la que nos habló Lilian Baines fuese por esa razón. Ruby debió entender que Melba suponía un peligro y les ordenó a sus chicos que se deshiciesen de ella.

Sophie giró la vista y miró por la ventanilla.

—Quizá no debería habértelo contado —dijo James.

Ella negó con la cabeza.

—No. Te acompañé hasta Dallas para saber lo que había sido de ella, y ahora ya lo sé.

James miró las luces de Beverly Boulevard desfilar por el retrovisor.

—¿Te das cuenta de que somos de las pocas personas en todo el país que sabemos que nos están mintiendo? ¿Cuánta gente se habrá tragado la basura de la Comisión Warren?

La única respuesta que recibió fue el silencio.

—Vale. Entendido.

James bajó ligeramente el cristal de la ventanilla y enfiló la avenida poniendo la atención imprescindible en la carretera, con su mente sumergida en otro de sus bucles de pensamiento recurrentes.

XIX

Durante los dos días siguientes, James se dedicó a analizar en detalle el dosier que le había hecho llegar el agente de Las Cruces. En su opinión, estudiar la información que ya estaba en su poder para extraer conclusiones o hipótesis pasadas por alto, sin lanzarse a tratar de conseguir nuevas pistas o testimonios, no suponía incumplir la promesa que le había hecho a Sophie. Por tanto, aprovechando la falta de trabajo, James empleaba las horas muertas en su oficina leyendo y releyendo los datos que aquel agente había conseguido recopilar durante todos esos meses. No podía más que admirar el extenso trabajo de investigación que había realizado aquel hombre, consiguiendo nombres y fechas sobre hechos concretos protagonizados por algunos de los principales involucrados en la trama, como Melba o el propio Oswald. En cuanto a la información en torno a la bailarina del Carousel, esta no podía ser más prolífica en detalles. El agente, en un empeño más que evidente en satisfacer la curiosidad de James, había incluido el nombre del teniente de Luisiana que había recogido a la bailarina en la carretera, Francis Fruge, así como el de uno de los doctores que la habían tratado en el hospital de Jackson, Victor Weiss. La tentación de intentar contactar con aquellas fuentes era demasiado grande, pero esa era la parte de su interpretación de la promesa a Sophie que estaba decidido a respetar.

Pese a que, tras las averiguaciones que habían realizado en el transcurso de su viaje a Dallas, ambos habían imaginado un destino más dramático e irreversible para Melba, la revelación de lo que la pobre chica había vivido aquella semana de noviembre y la incertidumbre sobre su situación actual habían afectado al carácter de Sophie. Su rostro había adquirido una expresión taciturna casi permanente y, cuando volvía del trabajo que ahora ejercía como camarera en Jefferson Boulevard, apenas hablaba. James, por su parte, se sentía de nuevo absorbido por la obscenidad y complejidad que envolvían a Oswald y al caso Kennedy. Su mente se encontraba secuestrada por este de tal forma que, cinco días después de su cena frustrada con Sophie, mientras se dirigía a su oficina tras haber almorzado en un restaurante cercano, no reparó en el coche que se encontraba aparcado a escasos metros de la entrada del edificio. Si lo hubiese hecho, al menos habría tenido tiempo de prepararse para el inesperado encuentro que lo aguardaba junto a la puerta de su despacho.

—Hola James. Cuánto tiempo.

Gracias a la luz de primera hora de la tarde que se filtraba a través de los cristales esmerilados de las puertas de las oficinas cuyas persianas no habían sido echadas, el visitante pudo identificarlo mientras enfilaba el pasillo en semipenumbra desde el rellano del ascensor. No obstante, debido a que el hombre se encontraba apoyado contra la pared en uno de los espacios de sombra entre los haces de luz de dos puertas consecutivas, James tuvo que dar unos cuantos pasos más antes de distinguir, perplejo, la desgarbada silueta de su amigo Dean Sinclair.

—Joder, James. Me alegro de verte.

El investigador privado se encontraba de pie frente a él, con una expresión mezcla de alegría y nerviosismo. Su amplia y característica sonrisa asomaba de una forma más prudente y peregrina de lo que James estaba acostumbrado, como si, por algún motivo, su amigo no se encontrase del todo cómodo. Quizá solo fuesen los meses que habían pasado desde la última vez que se habían visto, o el hecho de que James hubiese evitado ponerse en contacto con él durante todo aquel tiempo, pero detectar ese tipo de inseguridad en alguien tan convencido de sí mismo como Dean Sinclair hizo que James le estrechase la mano con desconfianza.

—Y yo a ti, Dean. ¿Cómo estás?

—No puedo quejarme, aunque mi despacho no es ni la mitad de luminoso —dijo señalando al cristal de la puerta—. Por cierto, bienvenido al gremio. ¿Cómo te va?

—No tan bien como querría —admitió James mientras sacaba las llaves del bolsillo de la chaqueta.

—No te preocupes, te acostumbrarás —dijo su amigo mientras daba un ligero paso al lado, interponiéndose entre James y la puerta—. Verás, siento abordarte de esta forma, quizá tendría que haberte llamado antes por teléfono… Joder, James, han pasado diez meses, ¿dónde has estado?

—La verdad es que no sabría ni por dónde empezar —contestó James mirando con recelo el movimiento de su amigo—. ¿Por qué no pasamos a mi despacho?

Las cejas de Dean se curvaron en un gesto de contrición.

—Antes de entrar, tengo que decirte que ha venido alguien conmigo. Alguien que quiere conocerte. Está esperando dentro.

James sintió cómo todas las alarmas se encendían en su interior. Miró hacia la puerta y luego hacia las llaves que sostenía en la mano. ¿Cómo podía haber entrado alguien en su oficina? Entonces, recordó que siempre dejaba esa puerta abierta cuando salía a comer por si algún cliente quería esperar sentado en el pequeño cuarto que daba paso a su despacho y que hacía las veces de sala de espera. Pero aquello no lo tranquilizó. Hacía mucho que no sabía nada de su amigo. Demasiado. Durante aquellos meses, Dean podía haber hablado acerca de él y de su investigación a las personas equivocadas. Tal vez alguien lo había engañado para que lo condujese hasta él, o quizá su palpable nerviosismo fuese una muestra de que no se encontraba allí por gusto y que se había visto obligado a acompañar a aquel hombre bajo coacción o amenaza. Pensó en correr hacia las escaleras y huir del edificio, pero, entonces, se le ocurrió una solución un poco menos drástica.

—Discúlpame un minuto, Dean.

James se dirigió a la puerta adyacente a la de su despacho y golpeó con los nudillos el cristal de la misma. Un hombre con un pitillo en la boca y gesto ocupado asomó del interior.

—Perdone, soy James Debbler, ocupo el despacho contiguo. ¿Le importaría dejarme una grapadora?

El hombre desapareció por el hueco de la puerta sin mediar palabra. Su cabeza despeinada volvió a asomar escasos segundos después con una pequeña grapadora marrón en la mano.

—Ahí tiene.

—Muchísimas gracias. En un rato se la devuelvo.

Había tenido suerte. El despacho de al lado se encontraba ocupado a aquella hora y James había conseguido dejar constancia de su presencia. Cualquier ruido o retraso fuera de lo común alertaría a su ocupante. El truco no pasó desapercibido para Dean.

—Escucha, James —dijo dirigiéndole una mirada comprensiva mientras lo cogía por el brazo—. Te aseguro que no es lo que tú te crees. La persona que quiero presentarte goza de mi total confianza. Sospecho que, tal vez, hayas pasado por circunstancias difíciles durante estos meses. Estaba preocupado por cómo reaccionarías al entrar y verme en compañía de alguien desconocido para ti, así que decidí esperarte fuera para amortiguar la sorpresa y explicarte la situación.

—¿Y cuál es la situación, Dean? —le espetó James.

—El hombre que se encuentra dentro es amigo mío. Nos conocemos desde hace algunos años. Es detective privado en Hollywood. Ha venido a pedirte algo.

—¿A mí? ¿Por qué a mí?

—¿Por qué no entras y dejas que sea él quien te lo explique?

James trató de leer los ojos de su amigo. Por mucho que su vecino de despacho hubiese sido alertado, aún cabía la posibilidad de que pudiese enfrentarse a algún tipo de emboscada allí dentro.

—Escúchame bien, Dean. No pienso entrar ahí hasta que me expliques de qué va todo esto.

Dean acercó su cabeza a la de James.

—Se trata del asunto Kennedy. Garry tiene información…

James se soltó bruscamente del brazo de su amigo y le lanzó una mirada furibunda. Este levantó las manos en son de paz.

—James, no le he dicho nada, te lo juro. Ni una palabra de lo que me contaste hace un año. Garry estaba en la ciudad y me pidió que cenásemos juntos hace un par de días. Empezó a hablarme del asesinato de Kennedy, de cómo sospechaba de las conclusiones que había publicado la Comisión Warren y de cómo un cliente suyo lo había contratado para averiguar qué sucedió realmente en Dallas. Le dije que debía conocer a alguien. Que tal vez tú podrías ayudarlo. Pensé que te interesaría compartir con él tus sospechas. Me preguntó qué relación podías tener tú con todo aquello y le dije que lo mejor era que fuese a verte y que te preguntase directamente. No le he contado nada, tienes que creerme.

James sintió cómo la rabia se apoderaba de él. Aunque no dudaba de que la intención de su amigo hubiera sido buena, y por mucho que garantizase que podía responder por aquel hombre, su acto había sido extraordinariamente imprudente. ¿Qué hacía un detective privado investigando el asesinato del presidente por su cuenta? ¿Quién lo había contratado y con qué propósito? Aun en el supuesto de que su amigo hubiese sido capaz de contener su extrovertida lengua durante todos aquellos meses y cumplir su promesa de no desvelar nada de lo que James había compartido con él la tarde anterior al asesinato de Oswald, al identificarlo como persona con información privilegiada sobre el caso Kennedy lo había puesto en el punto de mira de aquel detective, de su cliente y solo Dios sabía de quién más.

—¿Para quién trabaja?

—No lo sé. No ha querido decírmelo. Es tan reservado y discreto como tú. Creo que os caeréis bien.

James miró de nuevo hacia la puerta de su oficina. Quien quisiera que se encontrase allí dentro ya sabía su nombre y dónde trabajaba. Negarse a recibirlo no solucionaría nada.

—Tú y yo no hemos terminado —dijo atravesando a Dean con la mirada mientras abría la puerta.

Al verlo entrar, el hombre, que se encontraba sentado en la silla junto a la puerta, se levantó como un resorte, haciendo caer el sombrero que descansaba en su regazo. Se trataba de un hombre de unos cuarenta y pico años, delgado y de un metro sesenta de altura. Tenía los ojos pequeños y vivarachos y el pelo cobrizo, ralo y extremadamente fino, peinado de forma que disimulaba su calva todo lo que era posible. Vestía una chaqueta color añil y una corbata de rayas azules y amarillas. A James le costaba imaginar de qué forma un hombre de aspecto tan estrafalario podía igualarlo en reserva y discreción.

—Buenas tardes, señor Debbler —dijo mientras se agachaba a recoger su sombrero—. Soy Garry Monaghan. Muchas gracias por recibirme.

—Agradézcaselo a nuestro amigo común, el señor Sinclair —contestó James mientras miraba de soslayo a su amigo al tiempo que abría puerta interior que daba a su despacho. Tras separar las dos sillas de aquel lado del escritorio, James se sentó en su butaca y dejó la grapadora sobre la misma. A continuación, cogió la carpeta donde había guardado el dosier del agente del FBI y la guardó en un cajón—. ¿Qué puedo hacer por usted, señor Monaghan?

—Puede llamarme Garry. Después de todo, somos compañeros de oficio. Verá, he recibido un encargo un tanto especial. Un asunto altamente delicado, la verdad, al que usted, según aquí nuestro buen amigo Dean, no es del todo ajeno.

—Dispare.

Garry dirigió la vista de forma automática a la ventana y a la puerta de la habitación, consciente de la relevancia de lo que estaba a punto de pronunciar.

—Se trata de los hechos acontecidos en Dallas el pasado noviembre —dijo bajando el tono de voz, como si temiese invocar algún tipo de fuerza superior que estuviese escuchando detrás de las paredes del cuarto, dispuesta a descargar todo su peso sobre aquellos que se atreviesen a desenterrar lo sucedido aquella semana de 1963.

Aquel gesto de prudencia suavizó la imagen de futilidad que James se había formado de aquel sabueso. Él sabía, por propia experiencia, cuán real e implacable podía llegar a ser aquella fuerza.

—No conozco a nadie que sea ajeno a tan desgraciado incidente, señor Monaghan.

Garry dirigió una breve mirada a Dean y luego devolvió la vista al rostro de James, intentando evaluar hasta cuándo debía seguirle el juego.

—Tal vez usted esté más familiarizado que la mayoría, señor Debbler.

—¿Para quién trabaja?

—Eso no puedo decírselo, como seguro entenderá —la respuesta era la que cabía esperar, pero al menos James lo había intentado—. Pero puedo asegurarle que se trata de alguien muy interesado en conocer qué ocurrió realmente en Dallas por aquellas fechas.

James miró a Dean, que observaba aquel partido de tenis con cara de circunstancias.

—Lo que ocurrió es *vox populi*, señor Monaghan. La Comisión Warren acaba de hacer públicas sus conclusiones.

—Tengo entendido que es posible que tenga usted alguna reserva con respecto a dichas conclusiones —dijo el hombre mirando de nuevo a Dean.

James decidió ir al grano.

—¿Qué es lo que quiere de mí, Garry? ¿Cómo puedo ayudarlo?

El hombre volvió a bajar el tono de voz.

—Mi cliente no se cree una sola palabra de lo que afirma la Comisión. Y como ya le he dicho, está particularmente interesado en conocer la verdad. Por eso me ha pedido que consiga toda la información que sea posible sobre las distintas circunstancias que rodearon aquel terrible suceso.

—¿Y cómo piensa llevar a cabo tan titánico cometido? —preguntó James recostándose en el respaldo de su silla.

—Recabando todos los datos posibles acerca de los implicados en el mismo.

James se echó hacia delante y cruzó las manos sobre la mesa.

—¿Y por qué está en Los Ángeles y no en Dallas, investigando los hechos?

—Ese era mi plan, hasta que Dean me dijo que debía conocerlo.

—¿Qué le ha dicho sobre mí? —preguntó James, fijando los ojos en su amigo.

—Nada —contestó Garry—. Que quizá estaría interesado en ayudarme.

James sacó un cigarrillo del bolsillo y lo encendió con cierta teatralidad.

—Tuve un caso hace un tiempo…, que de alguna forma resultó estar relacionado con lo que pasó en Dallas —dijo comprobando cómo los vivarachos ojos del detective se encendían de interés. James reparó en lo curioso que resultaba que, en aquella atmósfera de prudencia y recelo que habían construido poniendo especial cuidado en elegir cada frase, nadie se hubiese atrevido todavía a pronunciar la palabra «asesinato» o «Kennedy»—. Pero, como le decía, hace ya mucho tiempo de eso.

—¿Podría contarme más detalles?

—¡Oh, no! —dijo James, con cierta pose. Había tomado el control de la situación y estaba comenzando a disfrutar con ello—. No puedo comentar con usted un caso policial que ni siquiera sé si ha sido cerrado… ¿Cómo? ¿No lo sabe? Antes de ser detective, fui policía de la ciudad. ¿No se lo ha contado mi amigo?

Garry miró a Dean y a James alternativamente. Abrió la boca para decir algo, pero apenas logró proferir un ligero balbuceo.

—¡Vamos, señor Monaghan! ¿Qué creía que iba a ocurrir? ¿Que iba a preguntarme por lo que sabía e iba a cantar como un jilguero? ¿Que iba a compartir con usted detalles de un caso policial? Dean ha querido presentarnos, pues perfecto, ya nos conocemos. Ahora sé que usted está recabando información sobre el asesinato del presidente y que le gustaría que yo le contase cosas. Ahora soy yo quien tiene que pensar si quiero hacerlo. Y no va a ser una decisión inmediata.

Garry Monaghan se recompuso y volvió a la carga. No iba a rendirse tan fácilmente.

—Estoy seguro de que usted, al igual que yo, ve cosas extrañas en cómo la Comisión ha resuelto el asesinato. Explicaciones inconsistentes, que rayan en lo absurdo.

—¿Como por ejemplo...?

Garry se inclinó sobre la mesa.

—Oswald —dijo realizando una pequeña pausa. Había pronunciado una de las palabras malditas—. La Comisión afirmó que Oswald ejecutó tres disparos en cinco coma seis segundos, desde la sexta planta de ese edificio de la plaza Dealey, con un Mannlicher-Carcano de la Segunda Guerra Mundial. Es imposible que, con esa arma, pudiese realizar esos disparos en tan poco tiempo y con tanto acierto. Imposible. Yo he tenido un Mannlicher-Carcano entre las manos y puedo asegurárselo.

—De hecho, la prensa dijo, en un primer momento, que se trataba de otro tipo de rifle —intervino Dean mientras miraba a James, vacilante. A este le resultó asombroso que hubiese sido capaz de mantener la boca cerrada hasta ese momento.

—Exacto. Además, el FBI afirmó que Oswald había comprado el rifle por correspondencia a una casa de Chicago con un nombre falso. ¿Por qué encargar el rifle a Illinois pudiendo comprarlo en cualquier armería de Texas con una identidad falsa?

James fue consciente de que sus cejas se alzaban más de lo común, pero no pudo hacer nada por evitarlo.

—¿Chicago?

—Sí, Chicago. Eso es lo que dijeron.

James guardó silencio durante un instante. ¿Sería algún tipo de gancho para intentar engatusarlo?

—En fin, Garry, le agradezco mucho su visita. Como le decía, meditaré su oferta de colaboración.

—Por supuesto —dijo el detective mientras se incorporaba y dejaba una tarjeta sobre la mesa—. Ponga usted el precio.

James se levantó y les abrió la puerta del despacho y de la salita de espera. Esperó a que Garry Monaghan saliese y se dirigió a su amigo.

—Dean, ¿podemos hablar unos minutos?

Este lo miró, cariacontecido.

—Sí, claro… Garry, ¿puedes esperarme en el coche?

El detective cerró la puerta y su sombra desapareció tras el cristal esmerilado.

—Maldita sea, Dean. ¿Eres consciente de lo que has hecho?

—James, por favor… —dijo con tono lastimero—. Ya has visto que no le he contado nada. ¡No puedes decir que he faltado a mi palabra!

—Le has dicho que sé cosas sobre el caso Kennedy. ¡Eso es más que suficiente!

Dean dirigió la vista al suelo mientras se frotaba la nuca, afligido.

—James, me gustaría al menos hacerme una idea de qué es por lo que has pasado… Nunca llegaste a decirme si realmente te seguían la mañana en la que mataron a Oswald.

—Créeme, Dean, es mejor que sepas lo menos posible. Por tu propio bien. Lo único que necesitas saber es que hay mucha gente interesada en evitar que la verdad sobre lo que realmente ocurrió salga a la luz. Y que está dispuesta a hacer cualquier cosa para impedirlo. Por eso te pido que no vuelvas a comentar este tema con nadie ni vuelvas a señalarme como experto en el caso Kennedy ni nada parecido. ¿Está claro?

—Cristalino.

—Y otra cosa más. Dile a ese amigo tuyo que me tomaré mi tiempo para pensar en su propuesta, pero no saber para quién trabaja no facilita las cosas. Y que cualquier presión o insistencia por su parte tendrá el efecto contrario al que él desea.

—No sé exactamente quién ha podido hacerle este encargo, pero Garry solía trabajar para actores y actrices de Hollywood.

Estaba en el afortunado y selecto club conocido en el oficio como «detectives de las estrellas».

James no dijo nada, pero varios pensamientos cruzaron por su mente. ¿Había realmente alguien en Hollywood interesado en conocer la verdad sobre el asesinato de Kennedy o era todo una complicada estratagema para tratar de averiguar lo que él sabía? Lo que parecía claro era que el señor Monaghan estaba acostumbrado a trabajar para gente con dinero. «Ponga usted el precio», había dicho al despedirse. La explicación de su amigo tenía sentido.

—Espero que algún día podamos quedar para cenar o tomar algo, como en los viejos tiempos —dijo Dean mientras abría la puerta y se ponía el sombrero.

—Está bien. Pero no se te ocurra aparecer de nuevo con ninguno de tus amigos.

James regresó a su despacho y miró por la ventana. Garry Monaghan se encontraba de pie junto al coche de Dean con su llamativo traje brillando bajo el sol de la tarde, fumando con la mirada perdida en el cielo de Los Ángeles. Cuando vio aparecer a Dean, tiró el cigarrillo al suelo y lo aplastó con la suela del zapato. Había resultado ser un hombre menos extravagante de lo que habría cabido esperar por su atuendo. Trabajar con actores, a la larga, tenía que conllevar algún tipo de excentricidad, pensó James. Esperó a que los dos hombres se hubiesen subido al vehículo y a que este hubiese desaparecido calle abajo antes de cerrar la ventana y sacar del cajón la carpeta con el dosier y la hoja del cuaderno de pedidos donde aparecía el nombre de Lee H. Oswald. A partir de ahora, dormirían en su apartamento. Luego, cogió la tarjeta de Garry Monaghan, la guardó en la cartera y salió de su oficina para devolverle la grapadora al hombre del despacho de al lado. A continuación, regresó a su escritorio para recoger la carpeta y la chaqueta. ¿Por qué Monaghan había dicho que Oswald había encargado el rifle a una armería de Chicago? ¿Había publicado realmente la prensa dicha información en algún momento? James apagó las luces de la oficina y se dispuso a volver a casa con este y otros interrogantes flotando sobre su cabeza.

Cuando llegó a su apartamento, Sophie ya se encontraba allí. La joven estaba apoyada en la encimera de la cocina, envuelta en su bata verde claro, tomando una copa de vino.

—Hola, ¿qué tal el día?

—Aburrido. ¿Y el tuyo?

—Bastante ajetreado.

—Eso es bueno. ¿Estás mejor? —dijo James mientras se aproximaba a la chica y la besaba en la mejilla.

—Sí. La verdad es que sí.

—Pues tendremos que salir a celebrarlo.

Ella sonrió.

—Espérate al fin de semana. El sábado libro todo el día.

—Tú mandas.

—¿Sabes qué? Me apetece hacer un viaje. A algún sitio de Europa.

—Ah, ¿sí? —preguntó James mientras cogía una cerveza de la nevera—. ¿En qué ciudad habías pensado?

—No sé. París, Milán…; me vale cualquier cosa.

—Mis ingresos no están ahora mismo para ese tipo de escapadas, así que habrá que esperar.

—Lo sé… ¿No te ha pasado nada entonces durante el día digno de mención?

James desvió la mirada. La chica estaba aprendiendo a leerlo con demasiado tino.

—Me he encontrado con un viejo amigo. Un detective privado.

—Vaya. Quizá pueda mandarte a algún cliente.

La chica se le acercó y le apoyó la mano en la mejilla. James pudo distinguir una sombra de tristeza en sus ojos.

—¿Qué ocurre? —preguntó él.

—Otra vez ese brillo en la mirada…

Por un instante, James creyó que la chica se iba a echar a llorar, pero en lugar de eso esbozó una breve sonrisa.

—No puedes evitarlo, ¿verdad?

—¿El qué?

—Tienes la misma mirada que aquellos días en Dallas. Otra vez estás atrapado por el caso Kennedy.

—Sophie, ya lo hemos hablado… Te di mi palabra de que no iba a seguir investigándolo.

—Lo sé. Y sé que eres capaz de cumplirla. Pero también que ese asunto nunca dejará de rondarte la cabeza. Y temo que no pueda hacer nada para evitarlo.

La chica dejó caer la mano despacio por el rostro de James y se volvió haciendo hondear la parte baja de su batín.

—Encárgate tú hoy de la cena —dijo con voz cansada mientras se dirigía a la habitación.

XX

Al día siguiente, James se levantó temprano y condujo hasta Westlake. Aparcó el coche junto al edificio de su oficina y comprobó por la ventanilla del coche que todo estuviera en orden. Entró en el portal atento a cualquier movimiento extraño y subió por las escaleras, despacio, hasta la planta de su despacho. Enfiló el pasillo con cautela, afinando el oído, pero el edificio parecía hallarse completamente vacío a aquellas horas de la mañana. Pasó por delante de la puerta de su vecino de despacho y pudo ver como este, al igual que el resto, tenía las luces apagadas. Abrió con cuidado la puerta de su oficina, comprobó que no había correspondencia en el suelo de la entrada y dejó su chaqueta sobre el respaldo de una de las sillas del escritorio. A continuación, se dispuso a registrar su despacho y la salita de espera en busca de algún micrófono, emulando los pasos que había aprendido del agente del FBI en Dallas. Una hora y cuarto después, dio por concluida la tarea, con resultado satisfactorio. El interior de su oficina estaba libre de escuchas, pero siempre existía la posibilidad de que le hubiesen pinchado la línea de teléfono desde el exterior. En cualquier caso, no pensaba realizar ninguna llamada sensible desde su despacho.

Como si hubiese estado aguardando a que reparasen en él, el teléfono comenzó a sonar. James levantó el auricular esperando escuchar la voz de Garry Monaghan o de su amigo Dean. Una parte de su mente, incluso, esperaba ansiosa que se tratase de aquel agente del FBI. Pero, en su lugar, una voz de mujer sonó al otro lado de la línea. Resultó tratarse de una clienta. Su primer encargo en tres semanas, uno del tipo más frecuente y ordinario. La mujer quería saber si su marido se la estaba pegando con otra. James anotó los detalles en un cuaderno con desgana. Aquel trabajo no le reportaría más de ochenta dólares. La oferta del señor Monaghan, por el contrario, podía aliviar todas sus preocupaciones económicas. «Ponga usted el precio». Con ese dinero podría llevar a Sophie a Europa y dejar de aceptar trabajos de poca monta que podían ser realizados por cualquier pillastre mínimamente precavido. Pero no podía aceptar aquella oferta. No debía.

Según le había informado la mujer, el marido salía de trabajar de su oficina en el distrito financiero a las cinco, o eso era al menos lo que él le había dicho, por lo que James estaría allí aproximadamente una hora y media antes. Eso significaba que aún le quedaban unas cinco horas por delante, así que decidió ir dando un paseo hasta la sede central de la Biblioteca Pública de Los Ángeles.

El emblemático e imponente edificio diseñado por el arquitecto Bertram Goodhue se encontraba ubicado en el número 630 de la Quinta Avenida, en pleno centro de la ciudad. Se trataba de una construcción de piedra que culminaba en una torre de ventanas estrechas y techo piramidal que emulaban la arquitectura del antiguo Egipto. James tardó poco más de media hora en llegar hasta allí caminando. Nada más entrar, se dirigió al mostrador de recepción y preguntó por la sala de periódicos. Esta resultó ser una amplia estancia repleta de largas mesas de madera oscura, algunas de ellas con el tablero inclinado, y un mostrador rectangular en el centro de la sala. Las paredes se hallaban cubiertas de atriles donde algunos hombres consultaban de pie ejemplares de los periódicos del día. En el ambiente flotaba el suave murmullo de finas hojas de papel al pasarse. James observó como las mesas inclinadas estaban reservadas para los volúmenes más pesados en los que se recopilaban las ediciones encuadernadas de años anteriores, y se dirigió al mostrador para solicitar *Los Angeles Times*, el *Dallas News* y el *Dallas Times Herald* de noviembre de 1963. El encargado no reaccionó de ningún modo particular a su petición. James supuso que estaría acostumbrado a que curiosos de toda clase solicitasen ediciones correspondientes a esas fechas.

Garry Monaghan no le había mentido. Las noticias de los días posteriores al asesinato del presidente relataban que Oswald había encargado un Mannlicher-Carcano por correspondencia y, en algunas ediciones, se especificaba que el envío se había producido desde una dirección de Chicago. La portada de *Los Angeles Times* del 24 de noviembre de 1963 informaba que los expertos en grafología del FBI habían anunciado, la noche del sábado, que el rifle utilizado para asesinar al presidente había sido encargado mediante correo postal a Chicago por el «simpatizante comunista» Lee Harvey Oswald. Estaba claro que, de algún modo, James se había perdido ese dato en medio de toda la agitación y confusión vividas durante aquellos días de noviembre de 1963. La cobertura desde Dallas, por su parte, era dispar en cuanto a la profusión de detalles. El *Dallas Times Herald*, en su edición del 24 de noviembre, afirmaba que el jefe de Policía de Dallas, Jesse Curry, había declarado que el FBI había comparado la letra de una orden de compra remitida a Chicago con fecha 20 de marzo de 1963 a nombre de A. Hidell con la caligrafía de Oswald, y que estas coincidían. La portada del *Dallas Morning News*, por el contrario, no mencionaba el lugar al que Oswald habría encargado el rifle.

Aquella relevación suponía para James una mentira más en la versión oficial del caso Kennedy. A diferencia del resto de ciudadanos, él sabía que Oswald, o alguien en su nombre, había encargado el rifle a una armería de Los Ángeles y que además no había empleado ningún pseudónimo o nombre falso para realizar el pedido. La hoja arrancada que guardaba con celo en su apartamento así lo atestiguaba y todo apuntaba a que el cadáver de Rupert Dickinson era una prueba todavía más concluyente de ello. Después de todo lo que había descubierto en el último año, James estaba convencido de que el móvil del crimen de la armería había sido eliminar cualquier cabo suelto relacionado con Oswald, de quien cada vez estaba más convencido que había jugado el papel de chivo expiatorio en toda aquella trama, como él mismo había declarado ante las cámaras tras ser detenido. ¿Por qué, si no, habían decidido acabar con la vida del señor Dickinson? ¿En qué podía afectar la información que el viejo armero pudiese tener en su poder al relato de los hechos? ¿Acaso no coincidían tanto el nombre como el modelo de arma con la versión oficial que habían difundido los medios? ¿Por qué molestarse entonces en silenciarlo para siempre sabiendo que el asesinato sería sin duda investigado por la Policía? La única explicación posible era que Lee Harvey Oswald no había encargado aquel rifle. El armero habría atendido la llamada y anotado los datos del pedido, pudiendo declarar en cualquier momento que la voz del hombre que había sido detenido no se correspondía con la que él había escuchado por teléfono. Por eso habían decidido quitarlo del medio, aunque debía reconocer que el trabajo no había estado a la altura de la conspiración. Los asesinos se habían limitado a acabar de un escopetazo con la vida del armero sin molestarse en registrar los libros y cuadernos que se encontraban en su trastienda. Ese era el riesgo de confiar en la mafia como brazo ejecutor de la operación.

James estaba fascinado. Aquello significaba que, incluso en una conjura de tal calibre, podían cometerse errores, y que los conspiradores se habían visto forzados a corregirlos sobre la marcha. En un intento de alejar el foco mediático de un asesinato que, sin duda, hubiese levantado demasiadas sospechas, habrían decidido difundir que Oswald había encargado el rifle a un lugar distinto del que inicialmente habían planeado. Pero ¿por qué Chicago? ¿Habría sido elegido al azar? ¿Y por qué habían decidido publicar que el pedido había sido realizado bajo un nombre falso? Quizá el hecho de que el asesino del presidente hubiese comprado el arma con la que pensaba cometer el crimen dando su propio nombre resultase demasiado burdo.

James miró el reloj que colgaba sobre la puerta de la sala de periódicos. Tenía tiempo de sobra de volver andando a su oficina, coger la cámara de fotos y regresar al centro para cumplir con el encargo de su nueva clienta. Mientras salía de la biblioteca sintió cómo las tripas le rugían y recordó que ni siquiera había desayunado. Tendría que hacer un hueco en su planificación para llevarse algo a la boca antes de comenzar el trabajo.

James aparcó frente al aséptico edificio de oficinas y se preparó para una espera soporífera. Había llegado al lugar donde trabajaba el sujeto unos ochenta minutos antes de su supuesta hora de salida. La mujer le había dado una descripción bastante detallada de su esposo, indicando incluso la ropa con la que había salido de casa aquella mañana, con lo que James esperaba no tener problemas para identificarlo. Durante unos veinte minutos, estuvo observando la entrada del edificio, dando pequeños sorbos al café que había cogido de camino hacia allí para no quedarse dormido durante la vigilancia, hasta que, finalmente, un hombre que encajaba a la perfección con el perfil salió por la puerta y echó a andar calle abajo. Las cuatro y un minuto. James decidió esperar a que se hubiese alejado lo suficiente para encender el motor y comenzar a seguirlo. El hombre dobló la esquina y se dirigió a un aparcamiento atestado de vehículos. James aparcó a varios metros de la entrada y esperó. A los pocos minutos, un Cadillac *coupé* de color granate salió del aparcamiento. James comprobó a través del cristal que el conductor era el mismo hombre que estaba siguiendo y arrancó tras él.

Durante más de quince minutos, condujo tras la estela de su objetivo en dirección oeste. Al pasar el cruce de Wilshire Boulevard con La Brea, el Cadillac se detuvo y James hizo lo propio a una distancia prudencial. El hombre se bajó del coche y se apoyó en el capó mientras miraba a uno y otro lado de la calle. Sin duda esperaba a alguien, y ese alguien no tardó en aparecer. James echó mano de su cámara y reaccionó a tiempo de inmortalizar mediante cuatro disparos el momento en que aquel hombre besaba apasionadamente a una joven rubia, vestida de rojo, y se metían en el coche. El Cadillac arrancó y se perdió calle abajo. Había tenido suerte. Por norma general, llevaba más tiempo conseguir pruebas definitivas sobre el sujeto de la investigación. Su trabajo había finalizado y le había reportado tanta estimulación intelectual como la lectura de una hoja parroquial.

James regresó a su oficina, reveló las fotos y llamó a su clienta para informarla de que había averiguado algo sobre su esposo y que tenía en su poder unas fotografías que podían interesarle. James le pidió que acudiese al día siguiente a su despacho con el importe acordado para hacerle entrega de las mismas. Luego, se dejó caer sobre su butaca y comenzó a pensar en Garry Monaghan. Se preguntó cuántas infidelidades de actores y actrices de Hollywood habría tenido que investigar el pintoresco detective y quién diablos lo habría contratado para meter las narices en el caso Kennedy. James consultó la hora en el reloj de su escritorio. Sophie tenía turno hasta tarde, así que decidió ir a echar un trago para hacer algo de tiempo.

El local tenía una atmósfera sobria y elegante. Las lámparas del techo despedían una tenue luz dorada que se reflejaba en los espejos que se encontraban enmarcados en las paredes de madera oscura y en la barra, cuyo canto se hallaba recubierto del mismo acolchado de cuero negro que el respaldo y el asiento de las sillas que rodeaban las mesas más próximas a la entrada.

James se acomodó en la barra y pidió un *old fashioned.* Al fondo del local, en la semipenumbra, había un par de mesas altas con sillas de respaldo, forradas de fieltro gris, de las que llegaban voces entremezcladas de hombres y mujeres, intercaladas con algunas risas. Fotografiar a aquel hombre con su amante había sido indecente. James estaba acostumbrado a ir tras las piezas más defectuosas de la sociedad para tratar de hacer de ella un entorno más habitable y, ni siquiera rebuscando en su memoria en busca del vago y puritano concepto del pecado que había escuchado en sus tempranas experiencias con la doctrina de la Iglesia, podía encontrar ni el más mínimo parecido entre un violador o un asesino y un marido infiel.

¿Quién era él, que hasta hacía solo un año frecuentaba, sin el más mínimo pudor, los burdeles que salpicaban las carreteras de la costa desde Long Beach hasta San Pedro, para robarle su intimidad a aquel hombre a cambio de un puñado de dólares?

James escuchó como el grupo de personas situado en una de las mesas del fondo se levantaba. Una pareja de unos sesenta años y una mujer de edad indeterminada pasaron por su lado en dirección a la salida al tiempo que el camarero le servía el cóctel sobre un posavasos circular de color blanco.

—¿James?

Este se volvió y se encontró cara a cara con un hombre delgado y de pelo cano que lo observaba con gesto amable. Acostumbrado a verlo en escenas de crimen con una expresión mucho más fría y hastiada, tardó un par de segundos en reconocer a su interlocutor.

—¡Archie!

—James, ¿cómo estás?

—Apurando lo que queda de día. ¿Y tú?

—Pues lo mismo. Tomando algo con unos amigos, aunque ya nos íbamos.

El encuentro con su antiguo compañero de la Científica lo había cogido completamente desprevenido. Las preguntas sobre el motivo de su marcha podían surgir en cualquier momento, pero, por muy inconveniente que pudiese resultar, no tenía más remedio que intentar salir al paso con naturalidad.

—¿Qué tal van las cosas por el Departamento? —preguntó James simplemente porque sabía que era la pregunta que correspondía a continuación.

Una sonrisa iluminó la cara del viejo sabueso.

—No tengo ni la menor idea, ni quiero tenerla. Me he jubilado.

—¿No me digas?

—Sí, un par de meses después de que tú lo dejaras.

—Enhorabuena, entonces —dijo James alzando su vaso, deseoso de alejar el tema de los motivos de su renuncia—. Dicen que es ahora cuando comienza la vida de verdad.

—Puedo asegurártelo. ¿Has pagado ya eso? Déjame invitarte a algo.

—Archie, no…

—Por mi jubilación. No acepto un no por respuesta.

—Pero ¿y tus amigos?

—Pueden esperarse unos minutos. No todos los días se reencuentra uno con un antiguo compañero de trabajo.

Archie alzó el brazo e hizo el gesto de sostener un bolígrafo invisible con la mano. El camarero asintió con la cabeza y trajo la cuenta.

—¿Tú no tomas nada? —preguntó James, aliviado.

—Ya he bebido demasiado… He de decirte que sentimos mucho tu marcha, James. El capitán Miller no llegó a explicarnos los motivos.

—Fueron demasiadas cosas…; nada concreto. Se sumaron algunos problemas familiares… Fueron días muy extraños, Archie. Ese asesinato en San Pedro fue la gota que colmó el vaso. Se supone que, con los años, aprendes a soportarlo mejor, pero en mi caso llevaba ya varios meses que me ocurría justo lo contrario. El cadáver de ese armero…, estuve soñando con él demasiadas noches seguidas. Y luego vino el asesinato del presidente… Esa sensación de indefensión, de que nadie está realmente a salvo, de que, por mucho que hagamos nuestro trabajo, los malos siempre encuentran la forma… No sé, supongo que llevaba quemado demasiado tiempo.

—Te entiendo perfectamente. Este trabajo te destroza por dentro. No sabes cómo me alegro de haberlo dejado.

—Amén —respondió James alzando su copa.

—Supuse que sería algo importante si dejabas un caso a medias.

—Lamento no haberos dicho nada, Archie. No tenía mucho ánimo. Y, precisamente por dejar el caso a medias, tenía miedo de dar la imagen de un pusilánime o de un cobarde.

—No te preocupes, me hago cargo. Por cierto, te alegrará saber que el caso se cerró hace unos meses.

—¿Archivado?

—No. Detuvieron a dos tipos. Unos pistoleros de poca monta.

James hizo un esfuerzo por contener su interés.

—¿Unos pistoleros?

—Al parecer, el armero hacía negocios con gente poco aconsejable. No conozco los detalles, pero Taylor cogió el relevo del caso cuando tú te fuiste.

—Vaya… Nunca llegué a profundizar demasiado, la verdad es que lo dejé en una fase muy temprana de la investigación.

—Habla con Taylor, él podrá decirte mejor. Pásate un día por la Central a saludar.

Alguien gritó el nombre de Archie desde la puerta y este se volvió.

—Debo irme, James. Pero me ha alegrado verte.

—Lo mismo digo, Archie. Cuídate.

—Tú también.

El viejo exsabueso salió del local dejando a James sumido en una nebulosa de preguntas. Resultaba curioso cómo el encuentro que menos podía esperar, y el que, de ningún modo, habría deseado mantener, había terminado siendo tan revelador para aquella parte del rompecabezas. El caso Dickinson estaba cerrado. Aparentemente, el sargento Taylor lo había resuelto. ¿Lo habría hecho bajo alguna premisa falsa? ¿Habría sufrido algún tipo de presión para darle carpetazo? James estaba resuelto a averiguarlo. Según parecía, Archie no iba a ser el único excompañero con el que iba a reencontrarse aquella semana.

XXI

Frank Taylor se encontraba sentado en el porche de su casa, con los pies apoyados en la valla de madera maltratada por el paso del tiempo. El veterano policía se encontraba en mangas de camisa, con una botella de cerveza en la mano, que alzó en un gesto ceremonioso cuando vio aparecer a su antiguo compañero de departamento.

—Pero ¿qué ven mis ojos? ¿Es acaso James Debbler regresando de entre los muertos?

—Hola, sargento —contestó James llevándose la mano al ala del sombrero.

—¿Cómo estás? ¡Rosie! —gritó Taylor volviendo el rostro hacia la puerta entreabierta—. ¿Podrías traernos otra cerveza?

—Siento molestarte en tu día libre, Frank.

—Bobadas. ¿Qué puede haber mejor que compartir cervezas y batallitas con un viejo compañero? Vamos, siéntate.

James se dejó caer sobre una de las mecedoras de madera del porche. La mujer del sargento apareció con un par de cervezas y las dejó sobre otra silla vacía.

—Gracias, cielo.

—Hola, James, cuánto tiempo —dijo la mujer dedicándole una sonrisa amable.

—Hola, Rosie. Veo que sigues aguantando a este sinvergüenza a tu lado.

—Sí, debo de haber perdido el juicio —dijo ella mientras entraba en la casa dedicándole a su marido una mirada condescendiente.

El sargento Taylor dio un trago a su botella y sonrió.

—Es una mujer maravillosa. Soy un hombre afortunado. ¿Cuándo vas a decidirte a probar las mieles de la vida en pareja?

—Es probable que ya lo haya hecho —respondió James alzando una ceja.

—¡No me digas! Esa sí que es una noticia. ¿Quién es la afortunada?

—Una chica de Santa Ana. Quizá algún día te la presente.

—Me alegro mucho por ti —dijo Taylor alzando de nuevo su botella casi vacía.

—El otro día me encontré al viejo Archie, de la Científica —dijo James, decidido a ir al grano.

—¡El bueno de Archie! ¿Cómo le va? Se jubiló escasos meses después de que tú te fueses. Por cierto, nunca llegué a enterarme… ¿Por qué renunciaste?

James le dio un largo sorbo a su cerveza antes de responder.

—Por salud mental, Frank. No podía dormir por las noches.

—¿Debido al caso Dickinson? —preguntó este en un tono no falto de extrañeza.

—Se juntaron muchas cosas, circunstancias familiares… Pero sí, de vez en cuando aún sueño con los sesos de aquel tipo esparcidos por la pared de la armería.

—Bueno —dijo Frank frotándose la ceja con el cuello de la botella vacía—, ahora los malnacidos que lo hicieron se encuentran entre rejas.

—Sí, eso me dijo Archie. Por eso te llamé. Tenía curiosidad por saber cómo había terminado todo. Ya conoces mi cabeza, no le gusta tener asuntos pendientes.

Frank Taylor descruzó las piernas y bajó los pies de la valla. Dejó la botella vacía junto a la pared y tomó otra al tiempo que se inclinaba ligeramente hacia James.

—Pues resulta que el viejo Dickinson tenía tratos con gente poco recomendable: una banda de atracadores que operaba a lo largo de la franja norte de la ciudad, desde Westwood hasta Hollywood Dell. De hecho, los chicos de Robos sospechaban, desde hacía tiempo, que un mismo grupo organizado podía estar detrás de algunos atracos sin resolver por la zona. El caso es que Dickinson los surtía de armas y municiones y, además del pago por las mismas, se llevaba una comisión por su silencio. Aquella pequeña armería al lado de los muelles era el sitio idóneo para que esos pistoleros pudiesen conseguir, de forma discreta, las armas que necesitaban, y parece que Dickinson era plenamente consciente de ello. Decidió exigirles más dinero por seguir manteniendo la boca cerrada. Los maleantes no se tomaron demasiado bien su intento de chantaje y, viendo que el armero ya no era de fiar, decidieron darle boleto.

—¿Cómo descubriste la identidad de los asesinos? —preguntó James, tratando de encontrar alguna fisura en la explicación de su excompañero.

—El armero llevaba una contabilidad paralela, una libreta donde registraba los pagos que no aparecían en el balance oficial.

—Sí, recuerdo el cuaderno, pero ningunas de las iniciales casaban con los nombres de los clientes que tenía registrados.

—Así es. Las iniciales no cuadraban con ninguno de los nombres que aparecían en el libro de contabilidad ni en la lista de pedidos, pero encontré una hoja en su casa donde aparecían dos nombres cuyas iniciales sí se correspondían con las de la contabilidad paralela. Dickinson sabía el nombre de dos de los atracadores, aquellos con los que trataba para la entrega de los pedidos y el cobro del dinero. Por supuesto, no eran sus nombres auténticos, pero creo que pecaron de imprudencia al darle el apodo por el que se los conocía en los bajos fondos; por eso, al primer intento de chantaje, decidieron acabar con él por miedo a que pudiese delatarlos. Fue gracias a su exceso de confianza que pudimos localizarlos, aunque no conseguimos trincar a toda la banda.

La explicación tenía sentido. Nada de lo que el veterano detective de Homicidios le acababa de narrar sugería que esta hubiera sido inventada. No había sido un caso complejo ni intrincado. Taylor había dado con la clave del mismo durante el registro de la casa de la víctima, el siguiente paso lógico en la investigación tras inspeccionar la escena del crimen. Un paso que James nunca había llegado a dar al verse atrapado por la vorágine del caso Kennedy. A simple vista, no parecía haber ninguna relación entre el asesinato de Rupert Dickinson y el de Lee Harvey Oswald. No obstante, James decidió quemar todas las naves.

—¿Tenían alguna relación con la mafia?

Taylor lo miró, extrañado.

—No. ¿Por qué deberían tenerla?

—No lo sé…, pensé en la mafia cuando llegué a la escena del crimen y vi el cadáver destrozado por los perdigones.

—La mafia no tiene exclusividad en el uso de recortadas, James —contestó Taylor con cierto tono de condescendencia, como si estuviese instruyendo a un cadete de la academia—. No. Hasta donde yo sé, esos tipos iban por libre.

James desvió la vista hacia el otro lado de la calle. Se sentía decepcionado y molesto consigo mismo. La información que le había revelado su excompañero echaba por tierra su teoría sobre la muerte de Oswald y hacía que su confianza en sí mismo se tambalease. ¿Había estado forzando vínculos entre hechos completamente desligados solo para saciar sus ansias de respuestas? ¿Hasta qué punto había permitido que su obsesión por el asunto Kennedy enturbiase su capacidad de deducción? Taylor reparó en el semblante grave de su amigo y, creyendo intuir lo que rondaba por su cabeza, trató de animarlo:

—Dejaste el caso en una fase muy temprana de la investigación. No tengo ninguna duda en que lo hubieses resuelto si hubieses decidido seguir con él.

—Sí —contestó James, aún con la mirada perdida—. Solo tenía que haber registrado el domicilio del armero.

—Por cierto —dijo Taylor, tratando de desviar el tema—. No me has dicho qué haces ahora para ganarte la vida.

James soltó un suspiro.

—Me dedico a hacer de chico de los recados. Parece que es lo único para lo que he quedado.

XXII

El atardecer comenzaba a teñir de rojo las puntas de los edificios de Los Ángeles cuando James aparcó a un par de bloques de su apartamento. El trayecto en coche desde la casa de su excompañero lo había calmado un poco, devolviéndole, en cierta forma, la objetividad y la fe en sí mismo. El nombre del asesino del presidente aparecía en una de las pistas del caso que había investigado un año atrás, junto al modelo del rifle que los medios habían señalado finalmente como arma del crimen. Eso era un hecho incontestable. La hoja arrancada del cuaderno del armero que James atesoraba en su casa, y de cuya existencia había llegado incluso a dudar en algún momento de la tarde, así lo certificaba. Después de todo lo que había vivido durante aquellos meses, la convicción de que la muerte de Rupert Dickinson estaba de alguna forma relacionada con el magnicidio de Dallas era la conclusión lógica a la que habría llegado cualquier psique mínimamente clarividente. Una prueba más de que su mente no se encontraba secuestrada por la paranoia era que había sido capaz de juzgar la explicación de Frank Taylor como auténtica, por mucho que esta contradijese su propia hipótesis y echase por tierra la teoría que tanto tiempo llevaba dibujando en su cabeza.

James cerró el coche con llave y echó a andar calle abajo. Cuando se encontraba a escasos metros de su portal, reparó en un vehículo negro que avanzaba despacio junto a la acera, manteniéndose a su misma altura. Los destellos dorados del atardecer se reflejaban en el cristal y el capó del coche. La ventanilla comenzó a bajar despacio y una voz familiar surgió del interior.

—Buenas noches, detective.

James se detuvo en seco y entornó los ojos para distinguir, a través de la ventanilla abierta, el rostro de la persona con la que más ansiaba encontrarse desde hacía días.

—Suba —dijo el agente del FBI mientras estiraba el brazo para abrir la puerta del copiloto.

Aquel hombre parecía haber decidido que el interior de un coche en marcha era el lugar más seguro para mantener aquel tipo de encuentros.

—¿Sabe de dónde vengo? —preguntó James mientras se apresuraba a entrar en el vehículo.

El agente aceleró el coche paulatinamente hasta incorporarse al tráfico de la calle, cerró la ventanilla y le lanzó una breve mirada de soslayo.

—No. He estado esperando aparcado hasta que lo he visto llegar. Celebro que se encuentre usted bien.

—He seguido su encargo como si me fuese la vida en ello.

La prominente mandíbula del agente se contrajo en una mueca de la que James dedujo que había apreciado su juego de palabras.

—Recibí el dosier que me envió —prosiguió, pese a tratarse de una obviedad—. Le agradezco mucho que decidiese compartir toda esa información conmigo. Especialmente la parte relacionada con Rose Cherami. La próxima vez podría dejarme algún dato de contacto para profundizar en ciertos aspectos…

—Eso no va a ser posible —le cortó el hombre—. De hecho, estoy aquí para despedirme.

James creyó distinguir un deje de gravedad en el casi siempre hermético tono del agente.

—¿Qué quiere decir?

—Que debo quitarme del medio por un tiempo. Y no será un tiempo corto.

James sintió una punzada en el estómago. En los últimos diez meses, apenas había visto a aquel agente en tres ocasiones, contando la actual. Que un hombre habituado a una cadencia entre encuentros superior a los tres meses de media dijese que debía ausentarse durante un tiempo y que este no sería corto, sonaba, efectivamente, a despedida.

—¿Qué ha ocurrido?

El agente miró a James a los ojos durante un par de segundos antes de devolver la vista al asfalto, incipientemente iluminado por las primeras luces de la noche.

—Veo que todavía no ha aprendido a realizar las preguntas adecuadas. No pienso decirle nada que pueda ponerlo en una situación comprometida. Digamos simplemente que mis pesquisas están empezando a levantar sospechas. Me he expuesto demasiado.

—¿Debo preocuparme yo también?

El agente no contestó enseguida.

—¿Ha tenido algún encuentro desagradable u otro tipo de contratiempo desde que nos vimos en Dallas?

—No.

El hombre asintió con la cabeza, como si estuviese confirmando sus sospechas.

—Entonces no debería tener nada que temer.

—¿Debería?

—A estas alturas, detective, tendría que saber ya que, en este asunto, no hay nada seguro. Pero, si no han intentado neutralizarlo en casi un año, no tendría sentido que lo pusiesen de nuevo ahora en el punto de mira. A no ser, claro, que haya seguido usted investigando por su cuenta...

—No —contestó James, ligeramente molesto por el tono de condescendencia del agente—. A no ser que la lectura del dosier que usted mismo me envió y una excursión a la biblioteca pública puedan catalogarse de investigación.

—¿La biblioteca pública?

—Sí. Quería comprobar si los medios habían llegado a publicar el lugar al que Oswald había encargado el rifle. Y en efecto, en las ediciones del día 24, se mencionaba un pedido a Chicago a nombre de un tal A. Hidell y una prueba realizada por el FBI en la que identificaban la caligrafía de este como la de Lee Harvey Oswald.

—Esa es la versión oficial —dijo el agente.

—Sí, y al principio creí que se trataba de otra mentira, de una parte más del relato que, por alguna razón que no alcanzaba a comprender, necesitaban para cuadrar su versión de los hechos. Pero el caso de la armería de San Pedro ha sido cerrado y el motivo del crimen nada tiene que ver con el asunto Kennedy, por mucho que Oswald figurase en ese cuaderno.

El hombre volvió a asentir con la cabeza.

—No parece muy sorprendido… —comentó James, intentando escrutar el impasible rostro del agente.

—Podría ser verdad. De hecho, en absoluto contradice lo que he estado investigando durante estas semanas. En cierto modo, lo refuerza.

—Dispare.

—¿Ha podido leer las conclusiones de la Comisión Warren? La obra completa, quiero decir, no los resúmenes o reseñas de la prensa.

—No.

—Pues debería. Podría aprovechar una de sus visitas a la biblioteca. Son veintiséis tomos, tiene para un par de tardes.

—Seguro que puede usted ahorrarme el esfuerzo —replicó James con un deje de impaciencia en la voz.

—Empecemos por Garland Slack. Garland Glenwill Slack. Fue interrogado por Wesley Liebeler y su testimonio aparece recogido en el volumen diez de la Comisión Warren. Garland declaró haber coincidido con Oswald en un campo de tiro el día 17 de noviembre de 1963. Según este, Oswald llevaba un rifle italiano distinto al que luego mostraron los periódicos y disparó a propósito contra su diana pese a llevar un rato practicando el tiro en su propio blanco. Otros testigos entrevistados por la Comisión confirmaron que, entre los días 9 y 17, Oswald estuvo en ese mismo campo, actuando de forma idéntica; es decir, disparando contra dianas ocupadas por otros tiradores.

James torció el gesto. Desde su primer encuentro en Las Cruces, aquel agente no le había dado ni un solo motivo para dudar de la veracidad de sus informaciones, pero había algo en aquella historia que chirriaba. Hizo un esfuerzo por considerar todas las hipótesis posibles, pero ninguna opción terminaba de encajar.

—Eso no tiene ningún sentido. Supongamos, por un momento, que Oswald sí realizó los disparos contra el presidente y ese día se encontraba allí entrenando su puntería, ¿por qué llamar la atención de la gente que lo rodeaba? Pero, por otra parte, si se trata de otra invención por parte la Comisión para hacer más creíble la inculpación de Oswald, ¿por qué incluir en la historia ese extraño comportamiento? ¿Qué pretendían demostrar? ¿Que Oswald era un pésimo tirador? ¿Que le gustaba ir por ahí provocando a la gente? Es demasiado burdo.

—Tan solo unos meses antes —prosiguió el agente—, el FBI recibió una comunicación de la CIA en la que se informaba de que alguien llamado Lee Harvey Oswald había estado en las embajadas de Cuba y la Unión Soviética en México. El problema es que las fotos adjuntas mostraban a un hombre cuya edad y complexión no correspondían a las de Oswald: treinta y cinco años y un metro noventa de altura.

—¿Ha visto las fotos? —preguntó James, sorprendido.

—Ya le he dicho que, últimamente, he estado demasiado expuesto. Pero le diré algo más. En 1960, el propio Edgar Hoover advirtió, en un memorándum interno a cargos clave del *Bureau*, que alguien estaba suplantando la identidad de Lee Harvey Oswald mientras este se encontraba en Rusia.

—¿Me está diciendo que el FBI ya tenía controlado a Oswald tres años antes del crimen de Dallas?

—Así es. Y que ya por aquel entonces al director del FBI le preocupaba que alguien estuviese actuando en nombre de Oswald. Algo que, sin duda, volvió a ocurrir en los meses previos al atentado, como demuestran las fotos del falso Oswald en México y la burda actuación de aquel hombre en las instalaciones de tiro para llamar la atención. ¿Qué otro propósito podía tener importunar durante esos días al resto de usuarios disparando contra sus dianas?

James asintió, mientras su mente comenzaba a atar cabos.

—Por si eso fuera poco, he tenido acceso a varios informes del FBI que indican que varios rifles y revólveres baratos fueron encargados a nombre de Oswald a distintos puntos de la geografía del país durante los meses previos al atentado. Al parecer, esa armería suya de Los Ángeles fue simplemente una más de la lista.

—Pero eso quiere decir…

—Que fabricaron la historia desde el principio, esforzándose en difundir una imagen de Oswald que casase con el macabro papel que tenían preparado para él. Los falsos Oswald, junto con el cambio de versión en el modelo del rifle hallado por los agentes en el depósito de libros y la inverosimilitud de las trayectorias de las balas descritas por la Comisión Warren, así lo confirman.

James recordó las palabras de Garry Monaghan acerca de la imposibilidad de que pudiesen realizarse tres disparos tan precisos con un Mannlicher-Carcano en el intervalo de tiempo indicado por la Comisión.

—Convirtieron a un inocente en un cabeza de turco… —dijo con la mirada perdida en el baile de luces que se sucedían a través del cristal de la ventanilla.

—Quizá sea demasiado pronto para tildar a Oswald de inocente —replicó el agente—. Pero lo que cada vez tengo más claro es que él no realizó los disparos que acabaron con la vida del presidente, pese al obsceno y titánico esfuerzo que han hecho las autoridades para convencernos de ello.

Un silencio denso se adueñó del interior del coche. La dimensión y la vileza de la conspiración se revelaban, al fin, en toda su magnitud. Todos los movimientos que se habían producido desde semanas antes del atentado hasta el asesinato del propio Oswald habían sido orquestados para sentenciarlo como único responsable del magnicidio. La maquinaria que los conspiradores habían puesto en marcha meses atrás y cuyos engranajes todavía rodaban inexorables en el presente, aplastando con sus pesados dientes cualquier tentativa de clarificar los hechos sucedidos en Dallas, había logrado imponer, mediante su doctrina de hierro, la versión más diametralmente opuesta a lo que realmente había ocurrido aquel 22 de noviembre de 1963: una versión que dictaminaba que un loco solitario, armado con un rifle de cerrojo de la Segunda Guerra Mundial, había efectuado sin fallo tres disparos en cinco coma seis segundos desde la última planta del depósito de libros escolares de Texas, uno de los lugares menos aptos por su ubicación y su visión del recorrido de la comitiva, para alcanzar con éxito a un blanco en movimiento. Tras la pantalla velada de aquel artificio, habían conseguido parapetar con éxito el mayor golpe a la democracia de la historia de los Estados Unidos, deponiendo de forma brutal y sangrienta al hombre que las urnas habían conducido a la Casa Blanca hacía apenas tres años. James se estremeció al pensar que dicha pantalla, con sus fraudulentas imágenes proyectadas desde una sola lente manipulada, habrían sido las únicas que sus ojos habrían conocido de no haber sido por el asesinato de la armería de San Pedro. Los conspiradores, en sus exhaustivos y diversificados intentos por construir una historia creíble sobre la culpabilidad de Oswald, habían tenido la mala fortuna de elegir el negocio de un hombre que, a causa de sus tratos con criminales y su temeraria avaricia, había terminado por firmar su sentencia de muerte. El caprichoso azar, o quizá su *alter ego* más místico y determinista, conocido comúnmente como destino, había resuelto que aquel miércoles 20 de noviembre James hubiese salido del Paradise Club a tiempo de recibir el aviso del asesinato de Rupert Dickinson.

Una vez revelada la mascarada, y con las piezas cada vez más engrasadas comenzando a encajar entre sí, solo quedaba la gran pregunta: quiénes. ¿Qué mentes habían ideado, diseñado y, en última instancia, ordenado el asesinato del presidente? ¿Quiénes tenían los medios para llevar a cabo un plan de semejante magnitud y complejidad operativa? ¿Qué poder en la sombra, en necesaria connivencia con otras fuerzas, podía fabricar, imponer y velar por la pervivencia de tan infame relato?

—¿Ha podido averiguar algo más acerca de dónde partió la orden? ¿Sigue creyendo que, además de una parte del FBI, la Policía de Dallas y la mafia, hay alguien implicado a más alto nivel?

—Como ya le dije hace un año en Dallas, la mafia es el último mono en todo esto. Evidentemente, tenían motivos más que suficientes para querer acabar con Kennedy, pero su implicación en este asunto es a muy bajo nivel. El FBI y la Policía de Dallas sin duda colaboraron en la ejecución y el encubrimiento. Pero por fuerza se necesita una organización de mayor calibre para dirigir y coordinar a todos los implicados en la trama.

James clavó sus ojos en el agente.

—¿Qué organización?

—Piense. ¿Quiénes difundieron las fotos falsas de Oswald en México? ¿Qué agencia en este país tiene más poder e influencia que el *Bureau* a nivel federal?

James tragó saliva.

—¿Es una broma? ¿Me está diciendo que la CIA también está involucrada en el asesinato del presidente?

Los labios del agente se curvaron en un amago de sonrisa. Sin duda esperaba esa reacción por parte de su interlocutor.

—No solo le estoy diciendo que está involucrada, sino que es la pieza clave de toda la conspiración. La CIA lleva, desde la época de Eisenhower, colaborando de forma encubierta con la mafia para derrocar a Castro en Cuba, tan encubierta que ni siquiera el propio Kennedy tenía conocimiento de todas sus operaciones.

James no terminaba de creérselo.

—¿Qué demonios quiere decir?

—Bahía de Cochinos.

—¿Bahía de Cochinos? —James apenas recordaba aquella intervención fallida en la costa cubana hacía más de tres años.

—¿Quiere saber lo que realmente ocurrió allí? Preste atención, esto no lo leerá en los libros de historia. El plan original concebido por la CIA para deponer a Fidel Castro consistía en introducir en Cuba a exiliados cubanos anticastristas que iniciasen una guerra de guerrillas apoyados por el Ejército estadunidense. El plan incluía el bombardeo del sur de la isla por parte de dieciséis aviones americanos para hacerse con el control del espacio aéreo cubano. El presidente Kennedy, preocupado por la imposibilidad de negar a nivel internacional la participación de Estados Unidos en un asalto de aquella magnitud, decidió moderar la presencia del Ejército americano en la invasión, reduciendo el apoyo aéreo a la mitad, lo que indignó profundamente a la CIA. Pese a ello, siguieron adelante con el plan, convencidos de que el presidente no dejaría tirados a los exiliados anticastristas en Cuba si las cosas se torcían. Y, por supuesto, se torcieron. Al cuarto día de invasión, viendo que el fracaso era inminente, la CIA suplicó al presidente que enviase más aviones de combate para al menos poder cubrir la retirada de las tropas anticastristas, pero el presidente se negó en redondo, alegando la necesidad de mantener un perfil bajo en la invasión. Por supuesto aquello no sentó nada bien a la Agencia, pero esta no fue la única que se sintió soliviantada. Dos meses más tarde, un informe encargado por el presidente concluyó que el plan diseñado por la CIA para derrocar a Castro estaba condenado al fracaso desde el principio. Aquello terminó de dinamitar las relaciones del presiente con la Agencia. Kennedy se sentía traicionado por la CIA por haberlo empujado a una acción bélica que no tenía visos de prosperar y por haber intentado chantajearlo para que se implicase de lleno internacionalmente. Como consecuencia, el presidente tomó la decisión de reformar la Agencia para limitar su independencia como organización. Y eso era algo que ellos no podían consentir.

—No lo entiendo —intervino James—. ¿Qué interés tendría la CIA en embarcar a Estados Unidos en una guerra que de ningún modo podía ganar?

—¿En serio me lo pregunta? Porque la victoria o la derrota no son relevantes, detective. Lo que importa es el relato, sobre todo en un país que ha convertido el discurso anticomunista en la base de su identidad nacional. Y además porque la guerra es, siempre y ante todo, un gran negocio. Ahí tiene Vietnam, por ejemplo. Es una invasión condenada al fracaso. Kennedy lo sabía y por eso también planeaba retirar progresivamente las tropas del Sudeste Asiático. También era partidario de suavizar las relaciones con Moscú. ¿Sabía que había autorizado el envío de trigo a la Unión Soviética bajo ciertas condiciones? El presidente tenía sus propias ideas. Quería hacer las cosas de forma distinta a sus predecesores. No sé si mejor o peor, no me corresponde a mí juzgarlo, pero distinta. Y por eso lo asesinaron.

James se recostó en el asiento, agotado. Había anhelado aquel encuentro durante meses, ávido de nuevas informaciones sobre el caso Kennedy, pero las revelaciones que acababa de escuchar lo habían dejado noqueado. Resultaba que a aquel complicado y, por no pocos momentos, surrealista entramado ahora había que añadir a la CIA.

—Intuyo que no ha venido hasta aquí solo para despedirse y terminar de destrozar mi ya deteriorada fe en los cuerpos de seguridad del país —dijo al cabo de unos instantes, sorprendido de poder seguir recurriendo a la ironía después de todo lo que había oído.

—No. He venido a pedirle un favor.

—¿Qué favor?

—Que recoja mi testigo y no permita que todo lo que hemos averiguado caiga en saco roto.

James sintió otra punzada en el estómago.

—¿Me está pidiendo que continúe con la investigación?

—Así es.

—Yo… yo no puedo hacer eso.

El hombre apartó de nuevo la vista de la carretera para mirar a James.

—¿Por qué? Es lo que usted buscaba desde un principio.

Este guardó silencio unos instantes antes de responder.

—No puede aparecer de repente después de un año, soltarme esa historia de Bahía de Cochinos y de que la agencia más poderosa del país es la principal instigadora del asesinato del presidente, y esperar que yo acepte tomar el testigo de una investigación que usted mismo se ha visto obligado a abandonar. Puede que sea un cínico, pero no tengo tan poco aprecio a mi vida como para ponerme en el punto de mira de esa manera.

—Pues no lo haga. Nadie le está pidiendo que se exponga. De hecho, sería un estúpido si lo hiciera. Debe ser cauto y avanzar con sumo cuidado.

—Pero ¿qué es exactamente lo que quiere que haga?

—Que no deje de tirar del hilo. Tiene todo lo que necesita para seguir profundizando en el caso. Nombres, fechas clave... Investigue a los implicados. Identifique aquellos que entrañan menos riesgo y abórdelos de la manera más reservada. Localice a Roger Craig, de la Policía de Dallas, o a Victor Weiss, el doctor que trató a Rose Cherami. Quizá averigüe algo más sobre el paradero de la chica. Pero sobre todo hágalo con la máxima discreción posible. Avance lento, pero seguro.

—¿Pero para qué? —espetó James, desarmado—. Nunca podremos sacar la verdad a la luz. Oswald está muerto y, a ojos de la opinión pública, él es el único culpable. La Comisión Warren ha dictado sentencia y no dudarán en reprimir el más mínimo intento de desmontar su farsa. No podemos ir contra la CIA, el FBI... ¡Tenemos a todo el puto sistema en contra!

—Sí. Navegamos contra el viento, pero no por ello debemos abandonar. Usted y yo, detective, sabemos más que la mayoría y por tanto tenemos una deuda con la verdad. Solo le pido que siga engordando ese dosier con todo lo que pueda recabar y lo mantenga en completo secreto hasta que llegue el momento.

—¿Qué momento? —preguntó James, incrédulo.

—Lo que ha ocurrido durante estos meses es de tal repercusión y gravedad que alguien con relativo poder, tarde o temprano, empezará a remover el caso. Quizá alguien se vaya de la lengua, o le entren cargos de conciencia, o quiera sacar rédito político del asunto. Puede que se trate de un senador, de un fiscal o del mismísimo Bobby Kennedy, pero créame, alguien volverá sobre lo de Dallas. Cuando esto ocurra, evidentemente, intentarán neutralizarlo de todas las formas imaginables, pero si el ataque les viene desde varios frentes (político, judicial, periodístico…), vacilarán. Y es en ese momento y no antes cuando podremos actuar. Ahora, escúcheme bien. Si sigue investigando, llegará un punto en que el volumen y la evidencia de las pruebas serán tan abrumadores que se dará cuenta de que nadie que lea lo que hemos estado recopilando durante estos meses podrá negar que hubo una conspiración para asesinar al presidente. Y aun llegados a ese punto, deberá esperar, aguardar a que alguien con más poder que usted y que yo se interese por el asunto. Y entonces será el momento de escoger el periódico más independiente del país y regalarle la exclusiva de su vida. Se lo debemos a nuestra democracia.

James desvió la mirada hacia la carretera. Hacía varios minutos que una lucha interna se había desatado en su cabeza. El hombre que le había proporcionado la información que necesitaba, el hombre que había confiado en él y que le había salvado la vida, le estaba pidiendo que continuase con la investigación. Tenía la excusa perfecta para retomar el caso, un motivo de peso. Pero no podía dejar de pensar en Sophie.

—Lo siento, pero no puedo hacerlo.

El agente torció el gesto.

—Así que su implicación en este asunto termina con el caso de ese armero de San Pedro. Nunca lo hubiera imaginado.

—He hecho una promesa —confesó James.

El agente asintió con la cabeza, despacio.

—¿Sigue con ella?

—¿Seguro que quiere perder el tiempo formulando preguntas cuya respuesta ya conoce? —preguntó James con sorna, emulando lo que aquel agente le había dicho en el hospital de Parkland hacía casi un año.

—No lo sé. Por eso le pregunto.

—¿Sabe dónde vivo, dónde trabajo, pero no con quién me acuesto?

—No.

James recurrió de nuevo al sarcasmo.

—Está haciendo las preguntas incorrectas, agente. No voy a decirle nada que me deje en una situación comprometida.

El hombre negó con la cabeza.

—Lo llevaré a casa —sentenció.

Durante más de diez minutos, los dos permanecieron en silencio. Las luces de la ciudad se colaban intermitentemente en el interior del vehículo, iluminando débilmente el recio rostro del agente, el cual se mantenía completamente inmóvil excepto para desviar la vista de la calzada al retrovisor. Finalmente, James soltó un suspiro y dijo:

—Escuche…, haré lo que pueda.

El hombre le dirigió una breve mirada.

—Gracias —dijo simplemente, pero con un deje de alivio en la voz que denotaba auténtico agradecimiento.

El coche enfiló Pico Boulevard y James sintió una extraña sensación al vislumbrar el último tramo de carretera hasta su casa. En unos instantes, aquel hombre se detendría para que se apease del vehículo y desaparecería de su vida. Si había algo más que necesitase de su parte, debía pensar con rapidez.

—Hay un tipo —comenzó James—, un detective privado que trabaja para las estrellas de Hollywood. Dice estar investigando el caso Kennedy por encargo de un particular que no termina de creerse las conclusiones de la Comisión Warren. Dijo que era imposible que Oswald ni nadie pudiese realizar tres disparos tan precisos a un objetivo en movimiento con un Mannlicher-Carcano en el tiempo que estipuló la Comisión.

James creyó que el agente le preguntaría cómo había llegado a sus oídos aquella información, pero se limitó a asentir en silencio.

—¿Cree que podría contar con él?

El hombre detuvo el coche junto a la acera, a escasos metros del portal de James.

—Confío plenamente en su juicio, detective. De lo contrario, no le habría asignado este cometido. A partir de este momento, es usted quien debe fiarse de su olfato y decidir en quién debe o no confiar. Mi único consejo es que sea prudente.

James bajó del coche y alzó la vista para asegurarse de que Sophie no estuviese asomada a la ventana. Acto seguido, se volvió para mirar a los ojos a aquel agente por última vez.

—Muchas gracias por todo —fue lo único que pudo articular.

—Le deseo toda la suerte del mundo, detective. Tenga mucho cuidado.

El hombre arrancó el coche y aceleró hasta perderse calle abajo. James se quedó de pie unos instantes, observando las luces traseras del vehículo desaparecer en la oscuridad de la noche.

XXIII

James sacó la tarjeta de su cartera y marcó el número de teléfono que se encontraba impreso en el reverso.

—¿Diga?

—¿El señor Monaghan?

—¿Sí?

—Soy James Debbler.

Se produjo un breve silencio, en el que James pudo intuir la excitación contenida al otro lado del aparato. A continuación, la respuesta del investigador privado llegó en tono jovial, amable, casi zalamero.

—¡Señor Debbler! ¿Cómo se encuentra? ¿En qué puedo ayudarlo?

—Me gustaría verme con usted, en mi despacho, para hablar sobre su propuesta.

—No sabe cuánto me alegra oír eso.

—Solo tengo una condición y es innegociable. Necesito saber el nombre de la persona para quien trabaja.

Un nuevo silencio, algo más largo que el anterior.

—En ese caso, lamentablemente, debo declinar su invitación.

James asintió para sus adentros. Esa era la contestación que esperaba. Cualquier otra respuesta hubiera levantado sus sospechas. Aquel hombre solo estaba llevando el cumplimiento del código deontológico de los detectives privados hasta sus últimas consecuencias, aunque aquello significara perder una fuente de lo más prometedora. Y eso le gustaba.

—Está bien, lo entiendo. Creo que podremos arreglarlo con otra petición.

—Lo que sea. Pida lo que quiera —se apresuró a contestar el hombre.

—Hablaremos del precio y de las condiciones de pago en persona, pero mi primera exigencia es que deje al margen de todo esto a nuestro amigo Dean. No debe saber que nos estamos viendo o que he aceptado su oferta. En realidad, nadie debe saberlo ¿Puede garantizarme eso?

—Por supuesto. Tiene mi palabra.

—Está bien. ¿Cuándo le viene bien que nos veamos?

—¿Le parece esta misma tarde? ¿A eso de las seis?

—Lo espero en mi despacho.

James vio aparcar a un Chevrolet Impala azul turquesa desde la ventana de su oficina. Tres minutos más tarde, el cristal de la puerta de su despacho vibró al ser golpeada de forma enérgica.

—Adelante.

Garry Monaghan entró en el cuarto con el sombrero en la mano y su precario peinado al descubierto. Llevaba uno de sus llamativos trajes, de color melocotón, y una corbata de rallas rojas y negras.

—Por favor, tome asiento, Garry.

—Antes de nada, quisiera darle las gracias por haber decidido acceder a mi petición —dijo el detective mientras le estrechaba la mano.

—Desde luego —respondió James sentándose en su butaca—. Y ya que a partir de ahora vamos a mantener una relación de colaboración, creo que lo primero que deberíamos hacer es establecer los términos de la misma.

—Por supuesto. ¿Qué es lo que había pensado?

—Fijaremos reuniones de trabajo, con una frecuencia inicial de dos encuentros mensuales. Cada sesión tratará sobre un tópico relacionado con el caso, y yo definiré la agenda. Al comienzo de esta, usted me hará entrega de cuatrocientos dólares en efectivo. Ese es el precio de cada encuentro. La sesión no comenzará hasta que yo reciba el pago. Cada uno compartirá la información que considere. Ninguno podrá presionar al otro ni cuestionar la información que reciba. Todos los encuentros se producirán aquí, en mi despacho, sin excepción. ¿Está de acuerdo?

—Sin problema —respondió satisfecho—. ¿Qué tema le gustaría tratar hoy?

—No veo ningún sobre encima de mi mesa, señor Monaghan —dijo James, reclinándose hacia atrás en su asiento.

—Espere un momento, a ver si tengo suficiente… —contestó el investigador mientras sacaba su cartera—. Sí, aquí tiene. Cuatrocientos dólares. ¿Le importa que se los dé sin sobre?

—Podemos hacer una excepción, dado que es nuestro primer encuentro —dijo James, tratando de reprimir una sonrisa.

—Bien, ¿de qué quiere que hablemos? —preguntó Garry mientras ponía un pequeño cuaderno de notas y un bolígrafo encima de la mesa.

—Podemos comenzar por el Mannlicher-Carcano.

—Oh —dijo al tiempo que se dibujaba en su cara una sonrisa pícara—. El rifle cambiante.

—Usted dijo que había tenido uno entre sus manos.

—Así es. Fue hace algunos años, en el rancho de un amigo. Estuvimos practicando el tiro con el Carcano y con otras armas que guardaba de recuerdo de la guerra. Se trata de un rifle semiautomático, de cerrojo, con tendencia a encasquillarse, posiblemente el arma menos adecuada para acertar con precisión a un blanco móvil a cierta distancia. Solo en la recarga entre disparo y disparo —dijo mientras amartillaba un rifle invisible entre sus manos— un tirador emplearía entre dos y tres segundos. Es sencillamente imposible que Oswald o cualquier otro pudiese realizar tres disparos en el tiempo determinado por la Comisión.

—Y sin embargo el arma del crimen tenía que ser un Carcano.

Garry enarcó una ceja.

—¿Qué es lo que sabe a ese respecto?

—No mucho —mintió James—. Pero, como millones de americanos, asistí estupefacto al cambio de versión en directo. Como seguro recordará, el fiscal del distrito dijo que el arma que los agentes de la Policía de Dallas habían encontrado en el Depósito era un Mauser de calibre 7.65. Unas horas después, el rifle ya no era un Mauser, sino un Mannlicher-Carcano 6.5.

—Exacto. La pregunta es: ¿por qué un Mannlicher-Carcano? ¿Por qué escoger, de entre todas las armas posibles, aquella cuya efectividad más podía ser puesta en tela de juicio?

—Porque Oswald poseía uno. ¿No publicó la revista *Time Life* una foto suya en el jardín posando con un Carcano?

—Sí. Y las pruebas caligráficas del FBI concluyeron que este había sido encargado a Chicago. Pero ¿por qué pedir un rifle por correspondencia a otro estado pudiendo entrar en cualquier armería de Texas y comprar el arma bajo un nombre falso?

Como James había podido constatar ya en su primer encuentro, Garry Monaghan no era ningún inepto. El investigador había estado haciéndose las mismas preguntas que él respecto al arma homicida y, probablemente, hubiese llegado también a las mismas conclusiones, aunque no contase con la profusión de pruebas de las que él disponía gracias a su relación con aquel agente del FBI. Hasta el momento, James había preferido omitir todo cuanto sabía acerca de los policías que habían encontrado el rifle, los falsos Oswald o las múltiples compras de armas realizadas a nombre de este, entre ellas la correspondiente a su caso. Una de las reglas que él había exigido, y que Garry no había tenido problema en aceptar, era el derecho a guardarse aquella información que no se sintiese cómodo compartiendo, aunque James sabía que, si insistía demasiado en esa actitud, el investigador, al comprobar que sus aportes hacían referencia únicamente a datos ya publicados o conocidos, terminaría cansándose y replanteándose la utilidad de la reunión. Así que decidió darle algo que probablemente no tuviese todavía.

—¿Ha podido ir a Dallas? ¿Ha visto la plaza Dealey? —preguntó, recordando que, en su primer encuentro, Garry había admitido que aún no había estado allí.

—Todavía no. Estoy preparando el viaje.

—En Elm Street, donde dispararon al presidente, hay un árbol que se encuentra en el mismo lado que el depósito de libros. Sus hojas entorpecen la visión desde la ventana del sexto piso, aquella desde la que dijeron que Oswald había realizado los disparos. A la dificultad de manejar el Carcano, puede añadir la de tratar de acertar a través del follaje.

—Interesante —dijo Garry mientras acomodaba unas gafas de cerca sobre su nariz y anotaba en su cuaderno—: «Árbol», «Elm Street»... Bien, ¿qué más sabemos sobre ese rifle?

—Creo que ya le he dicho todo cuanto sé.

Garry Monaghan levantó la vista del cuaderno y observó a James por encima de los cristales de sus gafas, durante unos segundos, con gesto de incredulidad. «¿Eso es todo? —parecían decir sus ojos—. ¿Y esto vale cuatrocientos dólares?».

—Bien, pues..., quizá podríamos abordar otro tema, aprovechando que estoy aquí. Ha sido más breve de lo que habría esperado.

—Ahora que lo pienso, hay algo más sobre lo que tal vez podríamos indagar —dijo de pronto James, captando de forma inmediata la atención de su interlocutor.

—Usted dirá.

—¿Ha leído las conclusiones de la Comisión Warren?

—En ello llevo enfrascado varios días.

—Quizá no haya llegado todavía al volumen diez, pero en este aparece recogida la declaración de un tal Garland Slack. El tipo afirmaba haber visto a Oswald realizando prácticas de tiro días antes del atentado. Según este, Oswald llevaba un rifle italiano y disparó contra la diana que él estaba utilizando sin razón aparente. Ese tomo también contiene declaraciones de otros testigos que reconocen haber visto a Oswald en ese mismo pabellón de tiro comportándose de forma extraña. Tal vez podría usted analizar en detalle dichas declaraciones y cotejarlas entre sí para comprobar si existe alguna coherencia en el relato o si simplemente se trata de otra cortina de humo —concluyó James, pese a conocer de antemano la respuesta.

—Dudo que encontremos algo de coherencia en nada de lo publicado por la Comisión Warren. Todo lo que he leído hasta el momento es tan… inconsistente. Las entrevistas son mediocres y las preguntas, completamente dirigidas. Como si en vez de buscar la verdad de lo que ocurrió, alguien hubiese dictaminado de antemano los hechos y solo tratasen de confirmarlos.

—Por supuesto. Aun así, le recomiendo encarecidamente la lectura de esas entrevistas. Las encontrará… disparatadamente interesantes —dijo James mirando el reloj y haciendo ademán de levantarse—. Y ahora, si me disculpa, he quedado con un cliente.

—Oh, está bien —respondió Garry, levantándose a su vez. Pese a que probablemente le había sabido a poco, parecía razonablemente satisfecho para tratarse de su primera reunión, sobre todo tras la última aportación de James—. ¿Cuándo será nuestro siguiente encuentro?

—En dos semanas, a la misma hora. Que tenga buena tarde, señor Monaghan.

—Lo mismo digo.

Garry salió del despacho y James se quedó de pie escuchando cómo se cerraba la puerta de la salita de espera y sus pasos se perdían por el corredor. Desde la ventana, pudo distinguir cómo el detective abandonaba el edificio y echaba andar hacia su Chevrolet con la mirada clavada en su cuaderno de notas. Cuando el coche hubo desaparecido de su campo de visión, James se acercó al escritorio y miró el montoncito de billetes que Garry había dejado encima de la mesa. Ocho billetes de cincuenta. James los tomó entre sus manos y deslizó el dedo por el borde de los mismos mientras repasaba mentalmente su conversación con Garry Monaghan. La reunión no había podido transcurrir mejor, conforme a sus intereses. El investigador privado había aceptado todas sus condiciones sin objeciones, tal y como había previsto, y aunque no había descubierto nada que no supiese ya sobre la que se había convertido en el arma más famosa del país —más allá de la constatación por parte de aquel hombre de la imposibilidad de realizar tres disparos en el margen de tiempo estipulado por la Comisión Warren—, lo importante era que él tampoco había llegado a revelar ninguna información comprometida. Todos los detalles que había facilitado a su interlocutor correspondían a datos publicados por los medios o la propia Comisión, o fácilmente contrastables por cualquier ciudadano, como la existencia de aquel árbol en Elm Street, por lo que no se había destacado como ningún poseedor de información privilegiada acerca del magnicidio. Compartir informaciones que solo personas señaladas del FBI conocían, como las imágenes del falso Oswald difundidas por la CIA o los diversos pedidos de armas a distintas partes del país, era algo que no podía permitirse todavía. Como le había recalcado aquel agente del FBI en su despedida, debía ser extremadamente prudente.

James metió el dinero en la cartera y se dispuso a abandonar su despacho. Había salvado el primer escollo de la tarde. Ahora venía el trago más complicado.

Sophie aún no se encontraba en casa cuando James abrió la puerta de su apartamento. Cogió una cerveza del frigorífico, encendió la radio y se sentó en el sofá, tratando de concentrarse en el solo de piano de Nina Simone y su *My baby just cares for me*. Apenas quince minutos después, se oyó el ruido de la cerradura al abrirse. Sophie entró en el piso vestida con su uniforme de trabajo. James se levantó a apagar la radio.

—¿Qué tal?

—Cansada. ¿Tú?

—Tengo que hablar contigo —dijo James, despacio.

Sophie lo miró con recelo.

—¿Puedo darme antes una ducha?

—Claro.

Mientras escuchaba el agua correr al otro lado de la pared, James sacó la cartera de su bolsillo y dejó los cuatrocientos dólares sobre la mesita frente al sofá. Al cabo de unos minutos, la chica apareció ataviada con su bata verde y con el pelo envuelto una toalla de mano.

—Está bien. ¿Qué querías decirme?

James señaló la mesa. Sophie se acercó a la misma y tomó el dinero entre sus manos. Sus ojos se abrieron en un gesto de asombro.

—¿Has atracado una farmacia?

—Me han ofrecido un encargo. A plazos. Muy bien remunerado. Y lo he aceptado. Este ha sido el primer pago.

Ella lo miró, extrañada.

—¿Y cuál es el problema?

—No te va a gustar.

Sophie lo miró fijamente y, a continuación, volvió a posar sus ojos sobre el dinero. Un destello iluminó su mirada y James supo al instante que lo había comprendido.

—Exacto —dijo él.

Ella lo miró con una expresión mezcla de contrariedad y súplica.

—Pero no es lo que tú te crees. No es nada que yo haya buscado.

Sophie cruzó los brazos y alzó levemente el mentón, como retándolo a que siguiese hablando.

—No se trata de un trabajo de investigación, sino más bien de asesoramiento. Hay un detective privado en Hollywood que está recopilando información sobre Dallas y me ha pedido ayuda.

—¿Es el amigo del que me hablaste el otro día?

—No exactamente.

—¡Maldita sea, James! ¿Quién es ese tipo? ¿De dónde coño sale?

—Ya te lo he dicho, es un detective de Hollywood. Vino a verme a mi despacho para contratar mis servicios.

Ella lo miró, atónita.

—¿Un detective de Hollywood investigando la muerte del presidente? ¿Y tú te lo crees? ¿Has perdido el juicio? —le espetó mientras los músculos de la cara se le tensaban cada vez más.

—Escucha, el riesgo es mínimo. Yo decido las reuniones y lo que le cuento. Ha accedido a todas mis peticiones.

—¿Y no te has parado a pensar por qué? —gritó Sophie entre aspavientos—. ¿Cómo puedes decir que el riesgo es mínimo? Dime, ¿cómo demonios sabía que tú tenías información sobre el atentado? —de pronto, frunció el ceño y desvió la vista hacia el suelo, como si hubiese recordado algo—. ¿Tiene esto que ver con ese agente del FBI?

—No, no tiene nada que ver con él. Esto es un trabajo, un cliente que quiere que lo ayude a atar cabos. Supo de mi existencia por un amigo común. Este sí es aquel del que te hablé. Estuvo conmigo aquellos días, siguiendo las noticias del asesinato del presidente primero y de Oswald después, y compartí con él mis sospechas sobre las incoherencias que se publicaron y la posible relación con mi caso. Eso fue justo antes de conocerte y de que nos fuésemos a Dallas, con lo cual no sabe nada de ti ni de todo lo que vino después. Simplemente, le dijo a ese hombre que tal vez yo podría ayudarlo. No existe ningún riesgo para mí ni, sobre todo, para ti. Yo decido qué le cuento, cuándo y cómo. Eso —dijo señalando los billetes que Sophie aún sostenía en la mano— es el pago por cada encuentro. Habrá al menos dos como este cada mes. Con ese dinero podríamos mudarnos a un piso más amplio y hacer ese viaje a Europa que tanto te gustaría.

—¿Cómo puedes volver a tropezar una y otra vez con la misma piedra, James? ¿Crees que ese detective y tú vais a conseguir algo más que arriesgaros a que alguien intente quitaros del medio?

James se acercó a la chica y la cogió por las muñecas.

—¿Por qué no confías en mí? ¿Acaso he hecho algo que nos pusiese en riesgo durante todos estos meses? No podemos permitirnos decir que no a ese dinero. Me niego a languidecer en un despacho vacío aceptando encargos de poca monta mientas tú te dejas las manos trabajando como camarera. Esto es una gran oportunidad para los dos.

Ella se soltó de forma brusca, metió el dinero en el bolsillo de la bata y lo apuntó con un dedo desafiante.

—James Debbler, quiero que tengas muy clara una cosa. Si en los próximos días o semanas detecto el más mínimo cambio en mi vida, ya sea la mera sensación de que alguien me observa o me sigue por la calle, o incluso que algún cliente me mira de forma sospechosa en el bar, me largaré.

James esbozó una sonrisa.

—¿Las miradas lascivas cuentan como sospechosas? —preguntó agarrándola por la cintura—. Porque seguro que tienes cientos de ellas cada día y no me gustaría que hicieses trampas en un tema tan delicado.

—No te hagas el gracioso y date una ducha —dijo apartándolo suavemente con la mano—. Luego, me plantearé si dejo que te acerques a mí.

XXIV

—Es increíble —dijo Garry Monaghan—. Nunca pensé que pudiese haber tanta información implícita en el Informe Warren. Sabía que era tendencioso, y que probablemente muchas declaraciones estuviesen manipuladas, pero jamás imaginé hasta qué punto estas desnudaban sus vergüenzas y cuántas conclusiones podían extraerse de sus omisiones.

James lo miró con atención. Garry se encontraba sentado frente a él, sonriendo con una expresión mezcla de excitación e inquietud, como un colegial en su primer día de clase. Durante aquellos dos meses, y ante el respeto escrupuloso que el investigador había demostrado hasta el momento al acuerdo pactado, habían seguido manteniendo reuniones de trabajo para poner en común los distintos datos recopilados sobre el caso durante aquellas semanas y avanzar en la investigación.

Las cosas marchaban mucho mejor de lo que James había imaginado en un principio. Seguía sin saber a quién reportaba Garry Monaghan sus progresos, pero aquel era el quinto encuentro entre ambos y, hasta la fecha, su vida y la de Sophie no se habían visto alteradas en lo más mínimo, lo que había suavizado la postura de la joven respecto a aquel trabajo y le había dado argumentos y convicción a James para seguir adelante. Debido a esto y al propio desarrollo de dichas reuniones, él y Monaghan habían ido ganando confianza, compartiendo, de forma cada vez más abierta, sus hipótesis y visiones sobre los distintos temas que envolvían el caso, aunque ambos se guardaban aún información sensible en el bolsillo. Hacía un par de semanas, en un intento por dejar aparcado por el momento el capítulo correspondiente al arma homicida, mientras Garry expresaba por enésima vez su asombro respecto a la cantidad de indicios que desechaban que las balas que habían acabado con la vida del presidente hubiesen salido de un Mannlicher-Carcano, James decidió revelarle un apunte más al respecto:

—Cinco hombres de la Policía de Dallas entraron en el depósito de libros tras los disparos. Ellos fueron los que identificaron el rifle como un Mauser de calibre 7.65. De esos cinco, todos se retractaron de sus palabras y reconocieron que podía tratarse de un Carcano. Todos menos uno. El agente Roger Craig.

—Un hombre valiente, sin duda… —había apuntado Garry, sorprendido, mientras hacía anotaciones en su cuaderno—. ¿Cómo ha conseguido esa información?

James había cruzado las manos sobre la mesa y, con una sonrisa sarcástica, le había respondido:

—¿Para quién trabaja usted, señor Monaghan?

—Está bien, está bien, tiene usted razón —había reconocido este entre risas—. Vamos, sigamos avanzando. Entonces, en resumidas cuentas, el modelo de rifle que afirma la Comisión Warren que se empleó para asesinar al presidente no resulta creíble, dejando a un lado el supuesto origen del mismo, por varias razones. La primera, la idoneidad del arma. Dada las características el Carcano, resulta prácticamente imposible realizar el número de disparos que afirma la propia Comisión en el rango de tiempo que, a su vez, ellos mismos establecen. La segunda y tal vez más reveladora: los primeros agentes en llegar al depósito de libros hallaron un arma distinta, un Mauser 7.65. Tras la intervención del FBI, cambiaron su versión. Todos menos el agente Craig. Pero ¿por qué era tan importante que el arma homicida fuese un Carcano? Porque era la forma más directa e inequívoca de implicar a Oswald en el asesinato, ya que este habría adquirido un rifle de este tipo por correspondencia, como reveló el FBI y como demuestra la fotografía de la revista *Time Life*.

—Excelente exposición —había concluido James—. Yo no lo hubiese sintetizado mejor.

—La pregunta ahora es: ¿por qué Oswald? ¿Formaba parte de la trama o solo pasaba por allí? En definitiva, ¿quién era Lee Harvey Oswald?

En efecto, aquella era la pregunta clave y el único de los grandes interrogantes del caso, más allá de la identidad de los principales cabecillas de la conspiración, para el que James aún no tenía respuestas. Sus charlas con aquel agente del FBI apenas habían profundizado en ese aspecto y solo podía hacer conjeturas al respecto. Por lo tanto, decidieron que, a partir de entonces, se centrarían en recopilar toda la información disponible sobre Oswald, que en la práctica se reducía básicamente a lo que los distintos medios habían tenido a bien en publicar sobre el sujeto, sin dejar de lado la siempre pasmosa y reveladora lectura de los enmarañados, y por momentos impúdicos, testimonios plasmados en el Informe Warren.

Con el objeto de proteger su investigación y hacerla todavía más hermética, habían acordado no ponerse en contacto por teléfono, carta o cualquier otro medio en los intervalos de tiempo entre sesiones; cualquier hallazgo, por muy importante que este fuera, tendría que esperar a ser compartido en la siguiente reunión. Los encuentros seguían celebrándose estrictamente en el despacho de James, el cual registraba a fondo la mañana antes de cada una de las sesiones, que habían pasado a tener una frecuencia semanal.

—En el Informe Warren aparece el testimonio del policía del que me habló —dijo Garry mientras pasaba las hojas de su cuaderno—. Roger D. Craig, ayudante de la oficina del Sheriff de Dallas. ¿Lo ha leído?

—No —reconoció James.

—Pues es un auténtico filón —dijo con una sonrisa pícara—. Tanto por lo que se dice como por lo que no. Craig se encontraba en la plaza Dealey en el momento del atentado. La descripción que hace de la secuencia de los disparos se acerca bastante a los tiempos establecidos por la Comisión: Craig afirma haber escuchado tres detonaciones en total, con una diferencia de entre dos y tres segundos, o «quizá un poco más», entre la primera y la segunda y no más de dos entre el segunda y el tercera, de las que afirma que fueron «realmente rápidas», lo que podría sugerir que hubo más de un arma disparando al mismo tiempo y, por tanto, más de un tirador… Craig habló con varios testigos pocos minutos después del atentado. Según sus declaraciones, una joven le comentó que los disparos provenían de la zona del aparcamiento que se encontraba al norte de Elm Street.

James recordó aquel estacionamiento donde había dejado el coche en su visita a la plaza Dealey.

Garry prosiguió:

—Además, otro testigo le dijo que, aproximadamente quince minutos antes de que llegase la comitiva, había visto a dos hombres en una de las ventanas del sexto piso del depósito de libros, uno de ellos con un rifle con mira telescópica, y que no había avisado a la Policía porque creía que eran miembros del Servicio Secreto. Esto vendría de nuevo a echar por tierra la teoría del tirador solitario…

—Es increíble que, con lo que sabemos sobre el trabajo de la Comisión, esta se arriesgase a publicar esas declaraciones de Craig… —dijo James.

—Espere, que ahora viene lo mejor. Craig afirmó también haber visto a un hombre de unos veintitantos años con pantalones azules y pelo marrón corriendo por la colina al norte de Elm Street en dirección hacia el triple puente de ferrocarril. Craig trató de alcanzarlo, pero, según sus palabras, el intenso tráfico se lo impidió. Después de esto, Craig volvió a la oficina del Sheriff de Main Street, junto con otros compañeros, a coger unas linternas para entrar en el depósito de libros porque alguien, al parecer un oficial de Policía, dijo que los disparos provenían de ese edificio. Aquí es donde se produce la obscenidad de turno de la Comisión. Pese a formar parte del primer grupo de agentes en llegar al sexto piso y descubrir el arma, ¡no hay ni una sola pregunta acerca del tipo del rifle que vio! El entrevistador le pregunta por los hombres que lo acompañaban, por la disposición de los casquillos que encontraron en el suelo e incluso por el lugar donde hallaron el rifle, ¡pero ni una sola mención al modelo del mismo!

—No se pregunta lo que se da por supuesto —dijo James con la mirada perdida mientras jugueteaba con un lápiz entre los dedos—. Y la Comisión ya había determinado, tiempo atrás, que el rifle era un Carcano. Ya nada me sorprende…

—Me parece el testimonio más relevante de todo el informe. Deberíamos tratar de localizar al tal Roger Craig para que nos cuente cómo fue su declaración.

—Creí que íbamos a centrarnos en Oswald —dijo James saliendo de su ensimismamiento.

—Sí, tiene razón. Pero Roger Craig es un testigo clave. Creo que deberíamos tenerlo en mente para volver sobre él más adelante.

Una semana después, Garry entró por la puerta del despacho exultante.

—No va a creerse lo que he descubierto sobre nuestro sujeto favorito.

James lo miró expectante y abrió una mano en el aire, invitándolo a continuar.

—¿Y si le dijese que Oswald fue entrevistado en la WDSU no una, ni dos, sino tres veces en agosto de 1963? —preguntó con una sonrisa triunfal en su rostro.

—¿La WDSU?

—Un canal de Nueva Orleans. Oswald intervino en antena, dos veces en radio y una en televisión, entre el 17 y el 21 de agosto de 1963, solo tres meses antes del magnicidio. He tenido acceso a una de esas grabaciones y he podido transcribirla —dijo Garry abriendo los cierres de su maletín y extrayendo un folio escrito a mano por ambas caras.

James estudió el texto con atención. La transcripción recreaba un debate centrado en Cuba protagonizado por tres invitados, entre los que se encontraba Lee Harvey Oswald en calidad de secretario del Comité de Juego Limpio para Cuba en Nueva Orleans. James recordó entonces que Reasoner había mencionado aquella organización en la descripción de Oswald que había difundido durante la cobertura televisiva del atentado. A lo largo de la intervención en la WDSU que Garry había transcrito, Oswald hablaba sin reparos sobre su ideología, definiéndose a sí mismo como marxista, reconocía haber renunciado a la ciudadanía americana durante los tres años que había vivido en Rusia y negaba tajantemente que el Comité de Juego Limpio para Cuba estuviese controlado por comunistas.

—¿Podemos estar seguros de que se trata de Oswald y no de ningún otro hombre haciéndose pasar por él? —preguntó James.

—He visto las imágenes de archivo —afirmó Garry muy serio—. Es el auténtico Oswald.

Aquel era, sin duda, un material excelente, que demostraba que Oswald se había expuesto a sí mismo de forma consciente, dándose a conocer a la opinión pública apenas unos meses antes del magnicidio. Garry había hecho un magnífico trabajo de investigación, pero, para poder acceder a aquella grabación, por fuerza tenía que haberlo hecho a través de un tercero, quizá algún conocido de alguna emisora o estudio de televisión de Los Ángeles. James detestaba la idea de que alguien fuera de aquellas cuatro paredes tuviese conocimiento de que se estaban revisando grabaciones de Lee Harvey Oswald, pero no podía hacer nada para evitarlo. Lo contactos que Garry decidiese mantener al margen de sus reuniones para conseguir informaciones que lo ayudasen en su investigación escapaban a su control. Tan solo podía confiar en el cortafuegos que había levantado a través de las distintas medidas de seguridad concebidas para que nadie supiese que estaba viéndose con Garry Monaghan.

Dallas, Chicago y ahora Nueva Orleans. James recordó que era allí donde habían detenido a Oswald por repartir propaganda comunista y donde, ya en comisaría, había mantenido un encuentro con el agente del FBI John Quigley sin que quedase ninguna constancia de ello. Nueva Orleans era también la capital del estado donde Rose Cherami había sido detenida y tratada en distintos hospitales y donde Sophie había entablado amistad con la joven varios años atrás. Otro centro neurálgico que añadir a una trama cuyas ramificaciones alcanzaban cada vez más puntos de la basta geografía americana.

—Parece un montaje, ¿verdad? —dijo Garry, no pudiendo disimular su excitación—. Si Oswald estaba en el ajo, ¿por qué habría acudido a un programa de televisión tres meses antes del asesinato a reconocer abiertamente que era miembro de una organización procastrista y que había vivido en la Unión Soviética? Lo lógico sería que hubiese mantenido un perfil bajo, ¿no le parece? Al igual que su comportamiento en el club de tiro... Revisé las declaraciones de Garland Slack y del resto de testigos, tal y como usted me pidió. Parece que Oswald buscaba llamar la atención de manera evidente.

James guardó silencio. Gracias a las revelaciones de aquel agente del FBI, las cuales seguía resuelto a no compartir con nadie, sabía que la fama de Oswald había sido cuidadosamente construida desde un principio para poder endosarle la autoría del asesinato, pero desconocía cuánto de real había en su supuesta biografía. Que el propio Oswald, y no uno de sus dobles, hubiese revelado abiertamente detalles como esos ante las cámaras de televisión le daba un cariz distinto a aquella parte del rompecabezas.

—Ha llegado el momento de abandonar el trabajo de biblioteca y empezar a recabar testimonios —declaró Monaghan—. Tenemos que hablar con gente de la órbita de Oswald, gente que haya podido tratarlo…

—Nadie va a reconocer haber tratado al asesino del presidente, Garry —repuso James—. Y le recuerdo que eso es lo que Oswald sigue siendo a ojos de la sociedad. No se entenderá que, a estas alturas, dos detectives privados sigan haciendo preguntas acerca del enemigo público número uno de América.

Pero Garry parecía no escucharlo. El investigador se había puesto de pie y caminaba por el despacho con la mirada perdida, gesticulando de forma enérgica.

—Debemos investigar a su entorno, a su familia, a sus compañeros de trabajo…

—No cuente conmigo —sentenció James—. Es demasiado peligroso.

Garry apoyó las manos sobre el escritorio y se inclinó sobre él.

—Necesitamos declaraciones que apoyen nuestras conclusiones, James. Si nos limitamos a releer una y otra vez periódicos antiguos o los veintiséis tomos que constituyen la farsa de la Comisión Warren, nunca avanzaremos.

—¿Ah no? Usted mismo acaba de reconocer la relevancia de los testimonios de los usuarios de ese campo de tiro.

—Así es, pero el contenido de ese texto es finito. No podemos permitirnos estar revisando eternamente…

—Pare el carro, Garry —dijo James subiendo ligeramente el tono de voz—. Aquí es usted el único que tal vez no pueda permitírselo. Supongo que quizá, azuzado por la exigencia de resultados por parte de su cliente, cuya motivación en todo esto se niega a concretar, usted no pueda permitírselo. Pero yo sí. Nuestro acuerdo inicial era muy claro y no incluía que lo ayudase a realizar ningún tipo de interrogatorio.

—Lo sé, pero…

—Quizá lo mejor sería dar por concluida nuestra reunión de hoy. Tiene toda la semana para pensar si nuestra colaboración le sigue resultando rentable. Es libre de poner punto final a la misma cuando lo desee.

James sabía que, en el fondo, Garry Monaghan tenía razón. La noche de su despedida se había comprometido con aquel agente a continuar con la investigación, y eso implicaba comenzar en algún momento a entrevistarse con alguno de los implicados. Pero aún no se sentía preparado para dar el salto. James recordaba demasiado bien lo que había ocurrido en Dallas hacía un año cuando había decidido investigar el entorno de Ruby y, por extensión, de Oswald.

Garry bajó la vista y levantó las manos en señal de rendición.

—Está bien, tiene usted razón. Siento haberlo incomodado. Es cierto que entrevistar a los distintos testigos no entraba dentro del trato. Por supuesto, soy libre de hacerlo por mi cuenta, pero no me gustaría dejarlo al margen. Creo que formamos un equipo excelente y que hemos hecho grandes avances juntos. Entiendo que meternos de lleno con Oswald y su entorno más cercano llamaría demasiado la atención, pero podríamos empezar a contactar con personajes clave relacionados de forma más tangencial o indirecta con el caso, como Roger Craig.

James se pasó la mano por el mentón sin afeitar. La propuesta de Garry resultaba razonable, aunque viajar a Dallas para entrevistarse con un agente de la ley de la ciudad le seguía pareciendo demasiado arriesgado. Quizá hubiese una opción un poco más segura.

—Tengo otra persona en mente con la que quizá podríamos reunirnos.

—¿Quién? —preguntó Garry sorprendido.

—¿Qué sabe usted de Jack Ruby?

El detective lo miró fijamente unos instantes antes de responder.

—Que mandó a Oswald al otro barrio de un disparo delante de las cámaras de todo el país, cerrando su boca para siempre. Y que, desde entonces, se pudre en la cárcel de Dallas. No estará sugiriendo que vayamos a visitarlo, ¿verdad?

—Jack Ruby regentaba un local de variedades en Dallas. Una de sus bailarinas fue hallada por la Policía, en una carretera de Luisiana, malherida y con síndrome de abstinencia. Al parecer, habría repetido varias veces que sabía de la existencia de un complot para asesinar al presidente.

Garry lo observaba boquiabierto.

—Tengo los nombres del oficial de Policía que la recogió y del médico que la atendió en el hospital de Jackson —finalizó James.

—Pero eso es… ¡es fantástico! ¿Por qué no ha compartido antes esa información? ¿Tiene que ver con el caso que tuvo cuando era detective de Homicidios? Oh, no se preocupe, no importa, ¡no importa! —se apresuró a decir Garry—. Lo importante es que constituye un hilo muy prometedor del que tirar. Y tiene usted razón; un viaje a Luisiana supone una opción mucho más segura para empezar que meterse directamente en Dallas, en la boca del lobo. ¡Es perfecto!

—Sí —suspiró James preguntándose cómo se tomaría Sophie aquella nueva fase del trabajo—. Perfecto.

XXV

—No pararás hasta que consigas que te maten —sentenció Sophie.

La chica se encontraba de pie en la cocina del apartamento, con los brazos en jarra y la mirada cargada de rabia y dolor.

—Nadie va a matarme. Por enésima vez, Sophie, esto no es peligroso.

—Ah, ¿no? ¿Y por qué entonces habéis decidido viajar de noche?

James bajó la mirada por un breve instante y observó su bolsa, que reposaba junto a la mesita del salón, sobre la que se encontraba el maletín donde había guardado la carpeta con toda la información sobre el caso. Llevaba días planeando el viaje con Garry Monaghan, pero, temiendo la reacción de Sophie al mismo, no se había atrevido a desvelárselo hasta el mismo día de la partida.

—Es solo una medida más de precaución. Simplemente estamos siendo extremadamente prudentes.

Había pasado toda la tarde con Sophie en el centro de la ciudad, empleando una parte de los últimos pagos de Garry en renovar el armario de la joven, en un intento casi vergonzante de comprar la aprobación, aunque fuese a regañadientes, de su viaje a Luisiana. Durante el paseo, había tratado de que el talante de la chica fuese el mejor posible para recibir la noticia. Finalmente, de vuelta en casa, se había decidido a contárselo, lo que, pese a todos sus esfuerzos, había derivado en la inevitable y temida discusión.

—¿Prudentes? ¿Cómo puedes tener la desfachatez de definirte como prudente?

El sonido de un claxon llegó desde la calle. James miró el reloj y se acercó a la ventana.

—Es Garry. Debo irme —dijo mientras cogía la bolsa y el maletín.

Sophie se quedó observándolo durante unos segundos antes de responder.

—No puedo garantizarte que esté aquí cuando regreses.

James dejó caer la bolsa al suelo y se encaró con la joven.

—Crees que solo lo hago por mí, ¿verdad? Que es una especie de desafío personal, que quiero ser el hombre que resolvió el mayor misterio de América. Es posible que fuese así al principio, y tal vez esa motivación siga aún presente de algún modo en mi cabeza, pero te aseguro que esa no es la razón principal. Ni tampoco el dinero. Lo que me quema por dentro, lo que me impide dormir por las noches, es que la verdad nunca salga a la luz. Tenemos una deuda con la verdad.

—¿La verdad? —preguntó Sophie en tono burlón—. ¿Es eso lo que te dices a ti mismo para justificar tu complejo de *boy scout*? Pues déjame decirte algo. Cuando tu trabajo consiste en meterse en la cama con desconocidos, aprendes algunas cosas sobre la naturaleza humana. Y lo que vi aquella noche al entrar en esa habitación de burdel no fue a ningún idealista con ganas de cambiar el mundo, sino a un sabueso cínico y descreído que necesitaba desesperadamente una obsesión a la que agarrarse.

James miró fijamente a la chica.

—Sí… —dijo despacio—. Durante mucho tiempo fue así. Pero ahora tengo cosas en mi vida por las que merece la pena luchar.

El claxon volvió a sonar, dos veces. James cogió sus cosas y salió del apartamento sin decir nada más. El Chevrolet de Garry se encontraba frente al edificio, con el motor encendido. Antes de meterse en el coche, alzó la vista hacia la ventana del piso y pudo distinguir la figura de Sophie recortada contra el cristal ligeramente empañado de la cocina.

—Buenas noches, detective —saludó Garry, sonriendo—. ¿Listo para el viaje?

—Ahórrese su entusiasmo —le espetó James—. No estoy de humor.

Sin poder borrar del todo su sonrisa, Garry lo observó durante un par de segundos y, a continuación, dirigió una breve mirada al edificio. Movió los labios para decir algo, pero finalmente decidió guardarse el comentario, cualquiera que este fuese, lo cual James agradeció.

—¿Ha cenado? —preguntó mientras avanzaban en dirección este, hacia las afueras de la ciudad.

—No —respondió James.

—Excelente, yo tampoco. Podemos parar a tomar algo en un rato y tal vez un café bien cargado para poder aguantar toda la noche —dijo tamborileando con los dedos en el volante.

—¿Por qué está tan excitado? —preguntó James, irritado—. Esto no es una excursión de fin de curso.

—Oh, por supuesto que no —contestó Garry, tratando de poner un gesto serio—. Pero estoy muy muy satisfecho con cómo avanza la investigación. La perspectiva de poder reunirnos con el doctor Weiss y con ese policía…

—Espere —lo interrumpió James con un brillo iracundo en los ojos—. Acordamos que nos centraríamos en el doctor y dejaríamos al teniente Fruge al margen por el momento.

—Sí, cierto, pero aspiraba a poder convencerlo durante el viaje. Ya que vamos a Luisiana no tiene sentido…

—Pues puede ir olvidándose. Ya le he dicho que no pienso verme con ningún agente de la ley. No sabemos a quién podría reportar nuestro encuentro.

—No se preocupe, no pienso discutir con usted —concluyó Garry en tono conciliador.

James lo observó durante un rato.

—¿Qué piensa su cliente de todo esto? —preguntó.

Garry lo miró brevemente.

—¿Se refiere a este viaje?

—Sí. Por ejemplo.

—No se lo he comentado aún. Hablamos con cierta frecuencia, pero esta semana aún no hemos tenido ocasión de hacerlo. No obstante, no tengo obligación de reportarle todos y cada uno de mis movimientos. Tengo libertad de acción. Y de gastos, hasta cierto punto. A mi cliente, como a todos, le preocupan los resultados, no los métodos.

—¿Y está satisfecho con sus avances hasta el momento?

—Oh, sí. Realmente satisfecho —contestó Garry con una sonrisa.

—¿Sabe él de mi existencia? —inquirió James.

Garry apartó la vista de la carretera para mirarlo a los ojos durante un par de segundos.

—¿Por quién me toma, James? Jamás revelo mis fuentes. Y como ya le he dicho, a mi cliente le interesa el qué, no el cómo.

El tráfico se fue volviendo mucho más fluido a medida que dejaban atrás las afueras de la ciudad. Atravesaron Ontario y continuaron por la interestatal 10 en línea recta hacia el este. Pasado San Bernardino, pararon a cenar en un bar de carretera cerca de Banning. James cogió su maletín de debajo del asiento antes de bajar del coche. No pensaba dejar aquel dosier solo ni por un instante.

Apenas hablaron durante la cena, pues habían acordado no comentar nada sobre el caso en público. Garry acompañó su hamburguesa con una cerveza y le pidió a la camarera unas gotas de *whisky* en el café.

—Tómeselo con calma, Garry. Recuerde que tiene que conducir.

—No se preocupe, estoy perfectamente —dijo este en tono jovial.

El detective continuaba igual de animado que cuando lo había recogido en su apartamento hacía más de una hora. James confiaba en que el largo viaje ayudase a difuminar su entusiasmo. La excitación no era el estado anímico más idóneo para abordar el cometido que tenían entre manos.

Salieron del local y una fría brisa los recibió. James se subió el cuello del abrigo y miró a su alrededor, intentando escrutar la oscuridad más allá de los halos que proyectaban las luces del exterior del restaurante. El aparcamiento se hallaba prácticamente desierto.

Nada más retomar la marcha, James sacó la carpeta de su maletín y comenzó a ojearla.

—¿Qué hace? —preguntó Monaghan.

—Quiero revisar unas cosas —dijo James cogiendo una página y dejando la carpeta sobre el salpicadero.

—¿Le importa que ponga algo de música?

—En absoluto.

Garry encendió la radio y comenzó a sonar *Witchcraft*, de Frank Sinatra. James no pudo evitar sonreír ante lo irónico de aquella coincidencia: también había sido una canción del artista la que había sonado por la radio al comienzo de su viaje a Dallas con Sophie, hacía aproximadamente un año. Garry lo miró de reojo, sonriendo.

—Es un genio, ¿verdad?

James reparó en que el rostro del detective había adquirido un color ligeramente rojizo. Al parecer, el alcohol le afectaba más de lo que le gustaba admitir.

—Si usted lo dice…

—Ah, el bueno de Frank… A ver si encuentro un hueco para poder hablar con él esta semana…

James se volvió hacia él y pudo ver cómo su boca se torcía en una mueca de contrición y el rojo de su piel subía un par de grados en intensidad.

—Espere… —dijo James clavando los ojos en su interlocutor—. Su cliente, la persona para la que trabaja… ¿es Frank Sinatra?

Sin despegar los ojos de la carretera, Garry hizo un leve movimiento con la cabeza en señal de asentimiento. Sus cejas se habían curvado en un gesto de aprensión, plenamente consciente de la relevancia de su desliz. Se le veía visiblemente avergonzado.

—¿Frank Sinatra, el cantante? ¿Está usted de broma? —insistió James, pese a que la expresión del detective no daba lugar a que pudiera estar bromeando.

—Imagino que, tarde o temprano, se hubiese terminado enterando…

James no salía de su asombro.

—Frank y yo nos conocemos desde hace años —dijo Garry—. He trabajado para él en multitud de encargos. La muerte del presidente Kennedy lo dejó muy tocado. Eran grandes amigos, ¿sabe?

—Oí que se habían peleado —comentó James, sin saber muy bien qué decir. Recordaba un artículo de la prensa rosa de hacía un par de años relacionando al artista con la actriz Marilyn Monroe.

—Sí, es cierto. Llevaban un tiempo distanciados. Pero Frank tenía un profundo respeto y admiración por el presidente. Durante un año entero esperó las conclusiones de la Comisión Warren y, cuando por fin se publicaron, se sintió profundamente indignado. Nunca creyó que…

Pero no pudo terminar la frase.

James observó cómo Garry Monaghan desaparecía ante sus ojos engullido por un haz de luz cegador y, casi al instante, sintió cómo el estómago se le subía de golpe a la garganta y su cuerpo era arrastrado en medio de un vórtice de oscuridad y ruido ensordecedor. James perdió la noción de cuántas vueltas daba sobre sí mismo antes de sentir el impacto definitivo contra el suelo, sucedido de un intenso dolor en la cabeza y el costado. Durante unos segundos, sintió que iba a perder el conocimiento, pero el miedo a desvanecerse le permitió mantenerse consciente. Trató de moverse y sintió un fuerte pinchazo en la oreja y cómo algo caliente y viscoso le resbalaba por el cuello y el hombro hasta el brazo agarrotado.

Su mente tardó unos instantes más en tomar consciencia de lo que había ocurrido. Un vehículo acababa de embestirlos, sacándolos de la carretera. El coche había dado varias vueltas de campana antes de impactar contra el suelo. James se llevó la mano izquierda a la cabeza y palpó varias esquirlas de cristal clavadas en su cuero cabelludo y en el cuello. El trozo más grande se encontraba ensartado en su oreja. Trató de agarrarlo lo más firmemente posible entre las yemas de sus dedos temblorosos, evitando los bordes del cristal, y tiró de él hasta arrancarlo. Tenía la oreja completamente entumecida.

Abrió los ojos y tardó unos segundos en acostumbrarse a la oscuridad. Por el contorno de las formas que lo rodeaban y las heridas de la oreja y el cuello, pudo deducir que el coche había caído boca abajo y que su cabeza había hecho añicos el cristal del asiento de copiloto. Miró a su izquierda y vio la silueta inmóvil del cuerpo de Garry Monaghan, dispuesto de forma que era imposible distinguir su rostro.

—Garry… —gimió, y al hacerlo se percató de que jadeaba, al contrario que el bulto que yacía a su lado.

Sintió un leve olor a hierba mojada y se dio cuenta de que la mitad superior de su cuerpo había atravesado la ventanilla. Despacio, atento a cualquier dolor demasiado agudo en su magullado cuerpo, se volvió sobre sí mismo para apoyarse en el costado izquierdo, y comenzó a arrastrarse lentamente hacia el exterior. En aquella posición, el dolor era soportable y las piernas parecían responderle. Cuando hubo salido por completo del vehículo, probó a ponerse a gatas, pero un fuerte pinchazo se lo impidió. Trató de afinar el oído y reparó en que tenía un ligero zumbido en el lado derecho. Pese a ello, pudo advertir un sonido de pasos sobre la hierba.

James miró a su derecha y distinguió dos luces que se aproximaban. Sacó la pistola de su funda y se tumbó boca abajo, completamente inmóvil. Los haces de las linternas delataban la posición de las dos figuras que se acercaban, lo cual le daba cierta ventaja. Intentó evaluar las alternativas con toda la lucidez de la que era capaz. En su estado actual, tan solo tenía dos opciones. La primera era hacerse el muerto hasta que estuviesen prácticamente encima y abrir fuego en el último instante, cogiéndolos desprevenidos, pero aquello implicaba rodar bruscamente sobre sí mismo y temía que el dolor consiguiente le impidiese apretar el gatillo. La otra opción era tratar de abatirlos desde la distancia antes de que el haz de luz de sus linternas lo alcanzase y revelase su posición, aunque las posibilidades de errar el blanco eran mayores. Optó por esta última.

Quitó el seguro de la pistola, apuntó a la luz que se encontraba más a la derecha y disparó tres veces. Inmediatamente, sin comprobar siquiera si había dado en el blanco, descargó el resto del cargador sobre el haz de la izquierda. Oyó un grito de dolor y pudo ver como las dos luces se desplomaban en la oscuridad. James aguardó inmóvil durante lo que le pareció una eternidad, atento al más mínimo ruido, pero solo pudo distinguir el murmullo de la brisa sobre la hierba. Las luces permanecían encendidas, apuntando en direcciones oblicuas al lugar donde él se encontraba, completamente inmóviles. Si sus portadores siguiesen conscientes, las habrían apagado de inmediato para no revelar su posición.

James recargó la pistola y comenzó a reptar en dirección a las luces. Su mano ensangrentada rozó una hoja de papel, la agarró entre sus dedos y siguió avanzando. Poco a poco, el contorno de dos cuerpos inertes fue dibujándose ante él. Cuando estuvo lo suficientemente cerca de las linternas, se acercó el papel a los ojos. Debido a la sangre, le costó distinguir el texto. Era una de las páginas del dosier. Las hojas debían haberse desperdigado en varias decenas de metros a la redonda. Imposible recuperarlas, y más en su situación.

James estiró el brazo para coger una de las linternas y apuntó con ella a los cuerpos. Vestían trajes oscuros y gabardinas sin ningún distintivo. El aséptico aspecto de quienes se encargaban de ese tipo de trabajos. Sacó un pañuelo de su chaqueta y se envolvió la mano en él para no dejar huellas con su propia sangre sobre los cadáveres. Rebuscó en sus bolsillos, pero no pudo encontrar ningún tipo de documentación; sí unas llaves de coche. James miró a su alrededor en busca del vehículo que los había embestido y del que, casi con toda seguridad, habían salido aquellos hombres. Tras unos instantes, vislumbró a varios metros de distancia dos focos de luz que apuntaban en la misma dirección. Habían dejado los faros encendidos para poder volver sobre sus pasos llegado el caso.

James se afanó por llegar al coche lo más rápido posible, antes de que apareciese algún curioso que pudiese haber presenciado el accidente. Era demasiada distancia para recorrerla reptando, por lo que intentó avanzar de nuevo a gatas, pero el apoyo de la mano y la pierna derechas en el suelo era demasiado agresivo para su costado. Si lograba ponerse de pie, quizá el dolor fuese menos intenso y pudiese avanzar con más facilidad. Cargando todo el peso en la pierna izquierda, James consiguió incorporarse con un gemido. El costado le dolía a cada paso, pero era soportable.

Todo había terminado. Garry Monaghan estaba muerto y la información sobre el caso Kennedy se había perdido para siempre. Desconocía cómo aquellos hombres habían conseguido dar con ellos y si habían estado siguiendo su rastro o el de Monaghan, pero todo aquello ya no importaba. Lo único que había ocupado su mente hasta el momento era el instinto de supervivencia. Identificar la fuente de peligro, neutralizarla y huir de la escena del accidente. Pero ahora que podía distinguir con claridad el vehículo con la puerta abierta apenas unos pasos delante de él, sintió cómo la adrenalina comenzaba a abandonarlo y la siguiente preocupación tomaba forma en su cabeza: Sophie. Tenía que regresar a casa lo antes posible para asegurarse de que se encontraba a salvo. Si es que todavía seguía allí.

James soltó un bufido al sentarse sobre el asiento. Probablemente, tuviese alguna costilla rota. Introdujo las llaves en el contacto y arrancó el coche.

Mientras conducía malherido a través de la noche, un intenso sentimiento de culpa lo embargó. Sophie había tenido razón desde el principio. Empujado por su obsesión, James había decidido por su cuenta y riesgo volver de nuevo sobre el caso y esas eran las consecuencias. Este último aviso había sido demasiado serio y a punto había estado de costarle la vida. Además, toda la información recopilada durante aquellos meses se había perdido y los lazos con el agente del FBI estaban rotos por completo. El asunto Kennedy había terminado para él.

XXVI

James aparcó el vehículo unos metros detrás del suyo y echó un vistazo al edificio. Todo parecía tranquilo. Se incorporó a duras penas entre punzadas de dolor, cerró la puerta con llave y se dirigió hacia el portal pistola en mano. Echó un vistazo a su coche mientras pasaba por delante. No pudo distinguir nada extraño en él, pero no tenía tiempo para detenerse a comprobarlo. Subió las escaleras entre gemidos, apoyándose en el pasamanos, y cuando llegó a la puerta de su apartamento, llamó con toda la fuerza de la que fue capaz, golpeando la madera con la culata del revólver.

—¡Sophie, soy yo! ¡Abre!

Una voz trémula al otro lado lo hizo respirar aliviado.

—¿James?

La chica abrió la puerta y James pudo ver como su expresión pasaba de la sorpresa y la alarma al completo espanto por su aspecto.

—¡Oh, Dios! ¿Qué… qué te ha pasado?

—¿Te encuentras bien? —preguntó James entrando en el piso—. ¿Ha venido alguien?

—James —musitó entre lágrimas—, estás… estás empapado en sangre. ¿Qué ha ocurrido?

James cerró la puerta y miró su reflejo en el espejo de la entrada. Tenía la oreja hinchada y el lado derecho del cuerpo, desde el cuello hasta la cintura, cubierto de sangre.

—Lo siento… Tenías razón, desde el principio. Han intentado defenestrarnos a la altura de Banning y lo han conseguido, al menos en parte. Garry ha muerto. Tenemos que irnos de aquí.

La chica se llevó la mano a la boca y ahogó un grito. James podía distinguir el terror en sus ojos humedecidos.

—Escúchame, siento muchísimo que tengas que pasar por esto, pero ahora no tenemos tiempo que perder. Debemos hacer la maleta y largarnos de aquí.

La chica deslizó su mano por el mentón hasta la garganta.

—¿A dónde?

—Pasaremos la noche en un hotel y mañana cogeremos un vuelo fuera del país.

—¿Qué? ¿Cómo vamos a ir a un hotel? —dijo mirándolo de arriba abajo—. Tienes que ir al hospital inmediatamente.

—No —masculló James—. No pienso a ir a ningún hospital. Escúchame bien, vamos a hacer un par de bolsas con lo imprescindible y vamos a irnos a un hotel, a uno bueno. Estos suelen tener su propio equipo médico, para posibles emergencias. Una vez allí, pediremos que venga alguien a la habitación a examinarme. Esa la opción más segura. Ahora ve al cuarto y vístete, no puedes aparecer en pijama por un sitio así, llamarían a la Policía nada más vernos.

—¿Y crees que no van a hacerlo al verte llegar en ese estado? —preguntó, alterada.

—Deja eso de mi cuenta —gruñó James torciendo el gesto en una mueca de dolor—. Eso sí, necesitaré que me ayudes a limpiarme la sangre y cambiarme de ropa. Pero no ahora —dijo haciendo un leve gesto con la mano al ver que la chica se le acercaba—. Primero, ve a recoger las cosas. Piensa en lo imprescindible para tres o cuatro días. Y ponte algo elegante, recuerda a dónde vamos.

Sophie desapareció por la puerta de la habitación sin hacer más preguntas. James se dirigió despacio a la barra de la cocina y se apoyó en ella con la mano izquierda. Desde esa posición, podía otear el exterior a través de la ventana. Las aceras estaban desiertas y apenas algún vehículo insomne se atrevía a romper la quietud de la noche. Debían ser aproximadamente las tres de la mañana.

James abrió el armario que se encontraba junto a su cabeza,

cogió una botella de *bourbon* y se sirvió tres cuartos de vaso. A esas alturas de la noche, probablemente la Policía hubiese llegado ya al lugar del siniestro. Pese a que había tratado de no dejar marcas de sangre en los cadáveres, con toda seguridad habría rastros en la hierba y el vehículo. Y eso sin contar las hojas del dosier esparcidas por la zona. Mientras sentía el almibarado líquido deslizarse por su garganta, James cerró los ojos y se preguntó cuánto tardarían en identificar el coche y el cuerpo de Garry Monaghan y cuán realista era la posibilidad de que pudiesen llegar hasta él en las siguientes veinticuatro horas. Las probabilidades eran sumamente escasas. En cualquier caso, la Policía de Los Ángeles era la menor de sus preocupaciones.

—¡Date prisa! —dijo intentando alzar la voz para que Sophie pudiese oírlo desde la habitación.

—Ya estoy lista —dijo ella al tiempo que entraba en el salón ataviada con un vestido marrón y unos pendientes dorados. Incluso presa del dolor y la ansiedad, James no pudo evitar fijarse en su atractivo. La chica traía una toalla en la mano—. Déjame limpiarte eso.

—Espera —contestó James—. Una cosa más... Ve a mi mesilla y coge una caja de munición y el sobre con el dinero.

—Ya lo he hecho —dijo ella mirándolo muy seria.

James trató de esbozar una sonrisa.

—Chica lista.

Pero Sophie no sonrió. Abrió el grifo de la cocina y mojó la toalla en agua tibia mientras le desabotonaba la camisa ensangrentada. Primero, le arrancó los pequeños trozos de cristal que aún asomaban entre el pelo y le limpió la sangre seca de la cabeza y el cuello. James reprimió un gruñido cuando la tela le rozó la oreja. A continuación, la chica se dispuso a humedecerle el costado.

—Cuidado ahí —susurró James.

Un intenso dolor le atenazó el torso al sentir el tacto de la toalla. Sin duda debía tener un par de costillas rotas.

—Déjalo así —dijo jadeando—. La camisa lo tapará.

Sophie tardó varios minutos más en quitarle la ropa y ayudarlo a vestirse. Luego, cogió las bolsas de la habitación, las dejó junto la puerta del apartamento y miró a su alrededor durante varios segundos. James sintió de nuevo cómo la culpa lo golpeaba. Aquella era la segunda vez que obligaba a Sophie a dejarlo todo precipitadamente. Pero la diferencia era que esta vez no había visos de que pudiesen regresar.

—Debemos irnos —logró articular.

Sin decir palabra, Sophie se colgó las dos bolsas de los hombros y salió al rellano. Bajaron las escaleras despacio, con James apoyado en su brazo, y salieron al exterior. La noche era fría y silenciosa. Sophie miró hacia el coche de James.

—¿En qué has venido?

—En ese Ford que está detrás.

—¿Cómo has podido conducir hasta aquí?

—Tenía que asegurarme de que estabas bien...

Sophie lo ayudó a sentarse en el asiento del copiloto y echó un último vistazo al edificio antes de meterse en el coche. Una vez hubo ajustado el retrovisor, suspiró hondo y preguntó:

—¿A dónde vamos?

—Al Ambassador. Wilshire Boulevard, entre Catalina y Mariposa.

Sophie lo miró extrañada. El Ambassador era uno de los complejos hoteleros más célebres y lujosos de Los Ángeles. Llevaba más de cuarenta años alojando a las personalidades más destacadas del panorama social y político estadunidense, pero también internacional. Actores, cantantes y jefes de Estado de distintos países del mundo habían recalado en sus habitaciones. Un hotel de esa categoría no se encontraba al alcance de cualquier bolsillo, pero afortunadamente el dinero no era algo de lo que James tuviera que preocuparse, al menos a corto plazo. Los generosos pagos que Garry Monaghan le había abonado por sus encuentros a lo largo de las últimas semanas le posibilitaban la elección de ese tipo de hospedajes. Aquellos alojamientos se caracterizaban, además de por su exclusividad, por su sentido de la discreción. El elevado precio garantizaba el acceso a un amplio rango de servicios, pero también la máxima privacidad. Ese era el motivo por el que James lo había escogido. Un establecimiento acostumbrado a albergar y encubrir las excentricidades y deslices de lo más granado de Hollywood apenas se inmutaría al ver una oreja rota y un poco de sangre.

—¿Por qué allí?

—Estaremos más seguros en ese tipo de hotel que en cualquier otro lugar. Arranca.

La chica se dispuso a introducir la llave en el contacto, pero se detuvo a escasos centímetros de este.

—¿Qué ocurre? —preguntó James.

—¿Y si... y si nos han puesto una bomba?

James miró al volante. Sophie tenía razón. No podía garantizar que no le hubiesen saboteado el coche.

—Pidamos un taxi —dijo la chica.

James tardó unos segundos en responder.

—No. Movernos sin coche propio nos quitaría demasiado margen de actuación... No tenemos más remedio que intentarlo.

Sophie asintió, cerró los ojos y, con un rápido movimiento, introdujo la llave en la ranura y la giró. Se oyó un rugido y el característico ronroneo del motor se propagó con un leve traqueteo por el suelo del coche.

James miró por la ventanilla al que había sido su hogar durante los últimos meses. El vehículo que había cogido en el lugar del siniestro permanecería allí, con el parachoques abollado, como un letrero luminoso delatando sus pasos. Si hubiese tenido más tiempo, se habría deshecho de él en el lugar más apartado posible.

—Vámonos.

La chica aceleró y enfiló la calle hacia Pico Boulevard. Avanzaban por las avenidas semivacías en completo silencio. James seguía luchando contra el dolor y la culpa.

—Después de esto, entenderé que quieras dejarme. Pero primero debo ponerte a salvo.

Ella no respondió. Parecía ser plenamente consciente de que podían ser sus últimas horas en Los Ángeles. Conducía atenta a cada edificio, a cada anuncio, a cada palmera.

No tardaron en avistar la mastodóntica estructura del Ambassador, con la silueta de su edificio principal destacándose contra el cielo, pálidamente iluminada por la luz de luna. A aquellas horas, apenas podían distinguirse ventanas encendidas en la fachada, pero sí las luces del característico cartel de neón que rezaba AMBASSADOR. COCOANUT GROVE.

El Cocoanut Grove Club había sido una de las principales atracciones del Ambassador desde sus inicios y, aunque había perdido parte del lustre y el esplendor de antaño, seguía siendo uno de los locales más ilustres de la ciudad. Sus instalaciones habían albergado la celebración de seis galas de los Premios Óscar, así como actuaciones de lo más granado de la escena musical americana, como Peggy Lee, Nat *King* Cole o Frank Sinatra. Al pensar en aquel nombre, algo se encendió en la mente de James. Un nebuloso e impreciso *déjà vu* que no era capaz de concretar. ¿Por qué el nombre de Sinatra le provocaba aquella extraña sensación? James recordaba que el primer regalo que le había hecho a Sophie había sido un elepé del artista, una ocurrencia derivada de la tirria de la chica hacia el cantante. Pero no se trataba de eso; era algo mucho menos mundano. Entonces lo recordó. La conmoción por el accidente había borrado aquella información de su cabeza por completo hasta ese instante. Garry Monaghan le había desvelado, instantes antes de morir, que había sido el mismo Sinatra el que lo había contratado para investigar la muerte del presidente. James se complació al descubrir que, en la frívola esfera hollywoodiense, había personas que tampoco se tragaban la basura de la Comisión Warren. Pero nada de eso importaba ya.

El complejo del Ambassador se encontraba dentro de un amplio recinto ajardinado rodeado de altas palmeras. Un largo pasillo cubierto conducía desde la acera de Wilshire Boulevard hasta la entrada del hotel. Algo más a la derecha, un enorme obelisco con estrías y una figura dorada de mujer en su base daban la bienvenida a los clientes en coche.

—Gira aquí —dijo James.

Torcieron por una pista asfaltada, franqueada por un muro a su izquierda y unos pocos árboles a la derecha, y llegaron al aparcamiento de la puerta principal del hotel. Un amplio toldo circular coronaba las columnas en tonos nacarados que conformaban la entrada al edificio. Sobre esta, un reloj rectangular plateado, que imitaba la forma de la esfera de un reloj de muñeca femenino, marcaba las cuatro menos veinticinco. El brillante blanco del porche de la entrada contrastaba contra el anodino color crema de las paredes del complejo.

Sophie apagó el motor y miró a James por primera vez en todo el trayecto:

—Esto es lo que vamos a hacer —dijo él con un hilo de voz.

James entró en el hotel apoyado en el brazo de Sophie. La chica lo condujo hasta uno de los sillones del recibidor y lo ayudó a sentarse. A continuación, se dirigió al mostrador e hizo sonar la campanilla. El conserje de noche apareció a los pocos segundos con expresión diligente.

—Muy buenas noches, madame. ¿En qué puedo ayudarla?

—Querría una *suite* para esta noche.

—Excelente. Aquí tiene la hoja de inscripción. ¿Solo se alojará usted? —preguntó el encargado, estirando ligeramente el cuello por encima de los hombros de Sophie y dirigiendo la mirada hacia el lugar donde James se encontraba sentado.

—No —respondió ella volviéndose brevemente—. Mi esposo está ahí sentado, descansando. Ha sido una noche larga.

—Por supuesto. Necesitaría que me firmasen ambos la hoja de registro —dijo el conserje depositando una pluma encima del mostrador.

Sophie rellenó el papel con sus datos, garabateó su firma y se dirigió con la hoja hacia el sillón donde James esperaba sentado.

La chica se arrodilló a su lado y le susurró algo al oído. Este apartó la cabeza de golpe y ella se quedó mirando su oreja con gesto de preocupación. A continuación, dejó la hoja en el brazo del sillón y se quedó un rato examinando a James con el ceño fruncido mientras este firmaba. Acto seguido, cogió la hoja y volvió al mostrador.

—Disculpe, mi marido no se encuentra muy bien. Tuvimos un altercado a la salida de ese club de Hollywood Boulevard con un indeseable que se propasó conmigo... Temo que pueda tener alguna costilla rota. ¿Podría llamar a un médico para que viniese a la habitación a examinarlo? Solo para quedarnos más tranquilos.

El hombre miró a James y a continuación consultó la hora en el reloj de recepción.

—No se preocupe. Veré qué puedo hacer.

—Muchísimas gracias —dijo Sophie dedicándole la sonrisa más encantadora que fue capaz de componer—. Eso nos pasa por ir a clubs de tres al cuarto. La próxima vez vendremos aquí directamente. Estoy segura de que en el Cocoanut Grove no pasan esas cosas.

Una amplia sonrisa se dibujó en la cara del conserje.

—Eso puedo garantizárselo.

XXVII

James avanzaba entre la multitud con un sentimiento extraño. El efecto de los analgésicos, junto con el rumor de conversaciones y pasos a su alrededor, acrecentaba la sensación de irrealidad. Sophie caminaba unos pocos metros por delante de él, abriéndose paso entre la gente con una bolsa en cada mano. El sol se filtraba por los grandes ventanales del recinto, proyectando un baile de sombras sobre la superficie del suelo e incrementando la temperatura del ambiente, ya de por sí cargado. James miró a su derecha y pudo distinguir, a través de los cristales, las aletas de un par de aviones recortándose contra el azul de un cielo sin apenas nubes. Hacía un día extrañamente despejado para tratarse de principios de diciembre.

Habían llegado al aeropuerto a primera hora, después de pasar una noche más en el Ambassador de lo que inicialmente habían previsto. Alrededor de las cinco de la mañana del día anterior, el médico había hecho acto de presencia. Tras un rápido examen, había determinado que, milagrosamente, aparte de varias contusiones de distinta gravedad, James solo tenía una costilla rota. El doctor le había desinfectado y vendado las heridas, poniendo especial cuidado en la de la oreja, y le había recetado analgésicos y mucho reposo.

—Si quiere que la costilla se suelde rápido, debe moverse lo menos posible. Yo en su lugar no me levantaría de la cama.

Pero, evidentemente, aquello no entraba dentro de sus planes. A pesar de ello, ante la incómoda perspectiva de un largo viaje en avión en su estado, decidieron quedarse una segunda noche en el Ambassador para que pudiese tener unas cuantas horas más de descanso, lo que a su vez les daba más tiempo para organizar el viaje. Pidieron el desayuno al servicio de habitaciones y, al poco de terminar, Sophie salió del baño vestida con ropa de calle.

—Voy a salir a comprar tus medicamentos y los billetes de avión.

—No… —masculló James, alzando ligeramente la cabeza desde la cama—. Podemos gestionarlo desde el aquí. ¿Sabes que puedes pedir a recepción que se encargue de ello?

—Quiero despedirme de la ciudad. Y necesito estar un rato a solas.

—Sophie…

La chica cogió el bolso y salió de la habitación sin decir nada más. James se quedó a solas con sus pensamientos, tumbado boca arriba sobre la cama, con la vista clavada en las molduras de yeso del techo. No sabía cómo interpretar el comportamiento de Sophie. La chica no había respondido con hostilidad o resentimiento palpables, al menos hasta el momento. Tras el *shock* inicial, se había limitado a seguir sus indicaciones sin apenas cuestionarlas, cumpliendo con todo lo que él le había pedido de forma disciplinada, casi mecánica. James había observado ese tipo de comportamiento durante su etapa como detective de Homicidios en algunas víctimas o testigos de asesinato. Si el instinto de supervivencia de la chica era lo único que la hacía seguir a su lado, lo más probable era que decidiese largarse una vez hubiese asimilado lo ocurrido. Quizá lo estuviese meditando en aquel preciso instante. James recordó el silencio de Sophie en el coche tras su reflexión sobre lo comprensible que sería que ella decidiese dejarlo. Pese a haber dejado sus cosas en la habitación, temió que nunca más volviese a verla. La imaginó tomando un taxi al aeropuerto o a la estación de tren para marcharse muy lejos de allí, y una intensa sensación de vacío se adueñó de su interior. Pero no podía culparla. Él le había arrebatado todo. Su hogar, su trabajo, su vida. Desde que la conocía la había usado, mentido y puesto en el punto de mira más veces de las que quería recordar. No se merecía que ella lo acompañase en aquel viaje.

—Esa es nuestra puerta.

La voz de Sophie sacó a James de su ensimismamiento. La imagen de la chica de espaldas, caminando con ambas bolsas colgadas de los hombros hacia la cola de embarque, supuso un tenue rayo de luz en la densa bruma de sus pensamientos. Contra todo pronóstico, ella seguía allí. Lo único que él podía ofrecerle era una vida de anonimato, lejos de su país de origen, acelerando el paso cada vez que caminase por una calle solitaria o mirando varias veces a los lados antes de cruzar la carretera. Y, sin embargo, había decidido acompañarlo. Al menos de momento. Quizá una vez pisasen suelo europeo, sintiéndose ya a salvo de cualquier amenaza, decidiese por fin dejarlo para siempre.

James miró de nuevo a la inmensidad del cielo azul californiano. Una nebulosa de emociones entremezcladas empañaba su mente, pero el sopor provocado por los analgésicos y la relajación derivada de la tensión que había sentido a su paso por el control de pasaportes impedía que ninguna destacase. Melancolía por tener que abandonar su país. Culpa por haber hecho que Sophie tuviese que pasar también por ello. Rabia por que los conspiradores fuesen a quedar impunes. Fracaso por no poder haber hecho nada para evitarlo.

La azafata anunció por megafonía el comienzo del embarque y James sintió cómo el estómago le daba un vuelco. Media hora antes, el temor a ser detenido en el control fronterizo había ocupado por completo su mente, tensando todos sus sentidos y relegando a un segundo plano el resto de emociones. Pero, por fortuna, no habían tenido ningún percance y ahora estaban a escasos metros de culminar con éxito su precipitada huida.

Poco a poco, la cola comenzó a moverse. James intentó despedirse mentalmente de todos los lugares en los que, de algún modo, había sido feliz, pero la sensación de vértigo era demasiado intensa como para pensar en otra cosa. En apenas unos minutos, dejaría atrás todo lo conocido y tomaría un avión hacia su nueva vida. Ya solo quedaban dos personas para que le llegase el turno a Sophie. Después de todo lo vivido, una parte de su mente aún temía la posibilidad de que, en el último momento, pudiesen aparecer a la carrera varios hombres del FBI que los interceptasen antes de coger el vuelo. Sophie ya se encontraba enseñando su billete. James pensó en su amigo Dean Sinclair, del que no había podido despedirse, en Garry Monaghan y en aquel agente del FBI, que había tenido la lucidez de quitarse del medio meses antes que él.

—Su billete, por favor.

James le tendió el billete junto al pasaporte a la azafata.

—Muchas gracias. Que tenga un buen vuelo.

James rebasó el control y respiró aliviado. Sophie se había detenido para esperarlo y cruzar juntos la pasarela hacia el avión. Se preguntó qué pasaría por la cabeza de la joven en aquel momento. Sin mediar palabra, recorrieron los últimos metros que los separaban de la aeronave y subieron a bordo.

Sophie colocó las bolsas en los compartimientos superiores mientras él echaba un vistazo a sus vecinos de asiento. Un par de tipos con aspecto de ejecutivos, una joven de veinte años y una madre con su hijo. Ni rastro de hombres con gabardina y sombrero calado hasta los ojos, o con el rostro oculto tras un periódico.

James se sentó despacio en su asiento y miró a Sophie. La joven tenía la mano apoyada en el mentón y la cabeza vuelta hacia la ventanilla. Al cabo de lo que a él le parecieron horas, ella se volvió y sus miradas se cruzaron. Tal vez fuese por el brillo de sus ojos o por alguna otra razón que no alcanzaba a comprender, pero James supo, en aquel preciso instante, que ella no iba a dejarlo, y se sintió reconfortado. El caso Kennedy se lo había quitado todo, pero había traído a Sophie a su vida.

La voz del sobrecargo interrumpió sus pensamientos y sintió un hormigueo en el estómago. En apenas unos minutos, sus cuerpos abandonarían suelo americano y despegarían hacia lo desconocido. Sus mentes, sin embargo, permanecerían ancladas allí mucho más tiempo.

EPÍLOGO

Una figura ataviada con un abrigo gris atravesó el arco central de Marble Arch en dirección al corazón de Hyde Park. Llevaba una bufanda de color granate anudada alrededor del cuello y un sombrero gris oscuro con el ala encajada a la altura de las cejas. Avanzaba con paso ligero y las manos hundidas en los bolsillos del abrigo. Bajo su brazo, asomaba un periódico doblado por la mitad.

Un espeso manto de nubes cubría el cielo de la ciudad, difuminando los exiguos rayos de sol que iluminaban aquella fría mañana de febrero. Aquel recorrido no le era ajeno; llevaba casi un año realizando el mismo paseo cada domingo, siempre que el tiempo lo permitía, pero aquel día caminaba con una prisa inusual hacia su asiduo lugar de lectura, en la zona central del parque.

Una fina capa de niebla se deslizaba lentamente por las aguas del Serpentine, deshilachándose en jirones nacarados que se desparramaban sobre la opaca superficie de la laguna. Sintiendo su corazón palpitar bajo el abrigo, tomó asiento en uno de los bancos frente al estanque y desplegó el ejemplar de *The Observer* que había adquirido escasos minutos antes en su quiosco habitual. Sus ojos se dirigieron automáticamente a la noticia de la parte central de la portada que había llamado su atención aquella mañana. Desde su llegada a la capital inglesa, había adquirido la costumbre de ojear la primera plana de los principales rotativos británicos en busca de noticias sobre la actualidad de su país de origen antes de decidirse por un ejemplar en concreto, pero el titular de la noticia que llevaba en portada aquel periódico dominical lo había dejado helado:

Hombres de Nueva Orleans conspiraron para asesinar a Kennedy

Tras el desconcierto inicial, y siendo consciente del gesto de extrañeza del quiosquero ante su mirada estupefacta, se había apresurado a doblar el periódico y abonar el importe del mismo para dirigirse rápidamente a la intimidad de su rincón habitual de Hyde Park, donde poder leer la noticia con detenimiento. El diario reproducía una noticia de Nueva Orleans publicada el día anterior:

Hombres de Nueva Orleans conspiraron para asesinar a Kennedy

Nueva Orleans, Luisiana, 18 de febrero

El FISCAL DE DISTRITO Jim Garrison afirmó hoy la existencia de un complot en Nueva Orleans que culminó en el asesinato del presidente Kennedy. «Haremos detenciones —dijo—. Hubo otras personas, además de Lee Harvey Oswald, involucradas. Nueva Orleans jugó un papel en la organización, sin ninguna sombra de duda».

Garrison afirmó que una investigación realizada por su oficina reveló que el informe de la Comisión Warren era inexacto al afirmar que Oswald actuó solo en el asesinato del presidente.

«Ya tenemos los nombres de las personas en la planificación inicial —afirmó Garrison—. No estamos perdiendo el tiempo, y lo demostraremos. Se presentarán cargos y habrá condenas».

Garrison dijo que su oficina tenía jurisdicción sobre el caso debido a una ley de Luisiana «que prohíbe cualquier tipo de conspiración».

Cuando se le preguntó por qué había iniciado la investigación, respondió: «En noviembre pasado, comencé a investigar la cuesción porque Oswald había pasado seis meses en Nueva Orleans poco antes del asesinato».

Mención a Cuba:

«Revisé los 26 volúmenes del Informe Warren y surgieron algunas preguntas, así que comencé a indagar. Eso condujo a nuevos indicios, los cuales seguimos, y se descubrieron otras pistas».

Anteriormente, Garrison se había negado a comentar una historia con derechos de autor sobre sus investigaciones que apareció ayer en el periódico *States-Item* de Nueva Orleans.

Según apunta dicho artículo, afirmó que la vida de un preso en la cárcel del distrito de Orleans podría estar en peligro debido a la publicidad dada a la investigación. No mencionó al prisionero, pero el *States-Item* dijo que Miguel Torres, un cubano de 26 años que anteriormente vivía a solo una manzana de la última dirección conocida de Oswald en Nueva Orleans, fue trasladado de la prisión estatal de Luisiana en Angola a la cárcel de Orleans el 30 enero.

Torres, de acuerdo con las informaciones, cumple tres condenas simultáneas de nueve años por robos y «se sabe que está conectado con el caso».

El *States-Item* afirmó que Garrison estaba gastando «sumas de dinero fuera de lo común» en la investigación. Este agregó: «La posibilidad de un complot bien organizado, en el que residentes de Nueva Orleans estuvieron involucrados directamente en algún grado, está en el centro de la investigación».

James releyó la noticia varias veces sin salir de su asombro. Llevaba dos años sin tener noticias del caso Kennedy, aunque este nunca había abandonado por completo sus pensamientos. En cualquier caso, jamás hubiera imaginado que alguien pudiese abrir una investigación judicial por el magnicidio que cuestionase las conclusiones de la Comisión Warren. Entonces, recordó lo que aquel agente le había dicho la noche de su despedida: «Lo que ha ocurrido durante estos meses es de tal repercusión y gravedad que alguien con relativo poder, tarde o temprano, empezará a remover el caso. Quizá alguien se vaya de la lengua, o le entren cargos de conciencia, o quiera sacar rédito político del asunto. Puede que se trate de un senador, de un fiscal o del mismísimo Bobby Kennedy, pero créame, alguien volverá sobre lo de Dallas». Al parecer, no se había equivocado. ¿Era ese tal Jim Garrison, fiscal del distrito de Nueva Orleans, una figura con el suficiente poder como para conseguir llevar su investigación a buen puerto? ¿Cuánto tardarían en ponerlo en el punto de mira? ¿Mostrarían algún tipo de miramiento por tratarse de un cargo estatal electo? ¿Sería este capaz de soportar las presiones? James lamentó que el dosier con toda la información que él y aquel agente habían recopilado durante aquellos meses, incluyendo la hoja de la armería donde aparecía el nombre de Oswald, se hubiese perdido para siempre en aquel accidente. Si hubiese seguido en su poder, habría podido hacérselo llegar a aquel fiscal a su oficina de Nueva Orleans bajo un remitente falso.

James se puso de pie y miró hacia los árboles que se encontraban más allá del lago. Aquella noticia había removido cosas en su interior que llevaban tiempo aletargadas. Durante aquellos dos años, había sido capaz de forjar una nueva vida con Sophie lejos de su país, al que añoraba con locura, sobre todo durante el frío invierno londinense. Una vida normal, sin sobresaltos, alejada de aquellos terribles sucesos que a punto habían estado de costarles la vida a ambos. Una incómoda sensación de culpabilidad lo invadió. Al límite de su resistencia física y mental, había tomado la determinación de huir del país para salvar el pellejo, mientras ahora otros se jugaban el cuello para que se hiciese justicia. James bajó la vista y sacudió ligeramente la cabeza, tratando de ser justo consigo mismo. ¿Qué alternativa había tenido? ¿Quedarse y resignarse a una muerte segura, como la de Garry Monaghan? Había hecho lo correcto para proteger su vida y, sobre todo, la de Sophie. Después de dos años, la chica había conseguido hacerse a la ciudad y llevaba una existencia feliz y tranquila a su lado. Trabajaba como dependienta en una tienda de ropa de Great Portland Street, vendiendo pantalones campana, chaquetas vaqueras y demás componentes de la nueva moda con influencias *hippies* que se había asentado en Londres en aquellos años, y cuyo estilo ella misma había adoptado. Había sido un largo viaje desde los prostíbulos de las afueras de Santa Ana hasta el barrio de Marylebone, no exento de sobresaltos y vicisitudes, pero había merecido la pena.

James cogió el periódico del banco y echó a andar hacia la zona norte del parque. El fiscal Garrison debía haber encontrado indicios sólidos de que Nueva Orleans y algunos de sus habitantes habían jugado un papel relevante en la conspiración. James decidió no mencionar nada de aquello a Sophie para evitar discusiones de otros tiempos, discusiones que hacía mucho que tenían superadas. James conocía de sobra el efecto que provocaba en la joven remover el pasado. Él, sin embargo, permanecería muy atento a las publicaciones de los diarios de los próximos días.

Mientras se dirigía hacia la salida de Hyde Park, tiró el periódico a una papelera cercana y le deseó mentalmente a Jim Garrison toda la suerte que él no había tenido en su lucha por destapar la verdad.

RELACIÓN DE HECHOS:

Melba Christine Mercades, conocida como Rose Cherami, fue hallada muerta en una cuneta cerca de Big Sandy, Texas, el 4 de septiembre de 1965.

Roger Craig sufrió hasta cuatro intentos de asesinato, dos de ellos con armas de fuego. El 15 de mayo de 1975, fue hallado muerto de un disparo en la cabeza. Hasta su muerte sostuvo que el rifle que él y sus compañeros habían encontrado en el depósito de libros era un Mauser y no un Mannlicher-Carcano.

Bobby Kennedy se presentó a las primarias demócratas para ser el candidato a las elecciones presidenciales de 1968. Fue asesinado a tiros en el hotel Ambassador de Los Ángeles mientras celebraba su victoria en el estado de California.

El fiscal de distrito Jim Garrison inició una investigación sobre el asesinato del presidente Kennedy a finales de 1966, la cual culminó años después con el arresto y enjuiciamiento de Clay Shaw, hombre de negocios de Nueva Orleans vinculado a la CIA. Shaw fue declarado inocente por un jurado popular en 1969. Garrison fue objeto de todo tipo de amenazas, intentos de chantaje y campañas difamatorias durante y tras el proceso. Ha sido el único hasta la fecha en abrir una causa judicial por el asesinato de John Fitzgerald Kennedy.